여행은 맑음, 때때로 흐림

여행은 맑음, 때때로 흐림

초판 1쇄 인쇄 | 2021년 11월 15일
초판 1쇄 발행 | 2021년 11월 25일

지은이 | 마연희
발행인 | 안유석
편집자 | 고병찬
디자이너 | 김민지
펴낸곳 | 처음북스
출판등록 | 2011년 1월 12일 제2011-000009호
주소 | 서울특별시 강남구 테헤란로2길 27 패스트파이브 빌딩 12층
전화 | 070-7018-8812
팩스 | 02-6280-3032
이메일 | cheombooks@cheom.net
홈페이지 | www.cheombooks.net
인스타그램 | @cheombooks
페이스북 | www.facebook.com/cheombooks
ISBN | 979-11-7022-232-3 03810

여행은 맑음 * 때때로 흐림

마연희 지음

처음북스

♥ ◯ ◁   ▢

#태국 #태국여행 #바캉스 #푸껫 #푸껫여행 #풀빌라 #파레사호텔
#인피니티풀 #최고의도서관 #탁트인오션뷰 #전망좋은 #인생사진
#아찔한풀장

♡ ◯ ◁   ▯

#차웽비치 #코사무이 #코사무이해변 #코사무이여행 #투명한바다
#에메랄드비치 #휴양지 #허니문추천여행지 #태국에서만나는유럽
#바다가예쁜여행지 #꼭가봐야할

#하와이 #하와이여행 #훌라춤 #알로하 #와이키키 #와이키키해변
#쿠히오비치파크 #잊지못할훌라공연 #훌라댄서 #나도춤춰볼까
#하와이음악

❤ ◯ ◁   ◻

#할레아칼라 #할레아칼라일출 #할레아칼라국립공원 #일출여행
#하와이에서꼭가봐야할 #버킷리스트 #해발3천미터 #하와이여행
#세계3대일출 #정상은영하5도

#코사무이 #허니문 #로맨틱디너 #오션뷰레스토랑 #포시즌코사무이
#허니문추천여행지 #분위기좋은레스토랑 #선셋뷰맛집 #코사무이
핫플레이스

#베트남 #베트남여행 #나트랑 #나짱 #나트랑롱비치 #나트랑3대해변
#나트랑인생사진 #나트랑예쁜해변 #나트랑휴가 #유럽인의휴양지
#힐링스폿

♡ ◯ ◁ ▢

#코야오노이 #야오노이섬 #태국휴양지 #히든휴양지 #오션뷰풀빌라
#오션뷰란이런것 #핫플레이스 #식스센서스 #휴가 #럭셔리한바캉스
#프라이빗한풀

♡ ◯ ◁   ⬚

#하푸나비치 #빅아일랜드 #빅아일랜드의3대해변 #하와이예쁜해변
#여긴내자리 #알로하하와이 #빅아일랜드여행 #인생샷찍기좋은곳
#하늘과바다가맞닿은

나의 작고 소중한 여행사

문득 15년 전이 떠오른다. 잘 다니던 대기업을 박차고 나와 무작정 여행사를 하겠다고 했을 때, 주변에서는 응원은커녕 다들 말리기 급급했다. "왜 힘든 일을 사서 해?"라거나 "여행을 다니는 것과 여행사를 운영하는 것은 달라!"라고 말이다. 단순히 여행이 좋아서, 단순히 여행에 미쳐 있었기 때문은 아니었다. 내가 닥치는 대로 일을 하며 모았던 돈으로 가 본 그곳을 조금 더 많은 사람이 알아주었으면 하는 마음이 있었다.

그렇게 시작한 나의 작고 소중한 여행사. 아무도 가르쳐 주지 않았던 일이기에 직접 구석구석 골목을 헤매고 다녀서 여행 루트를 만들었다. 작은 여행사라 거들떠보지 않았던 5성급 호텔의 높은 문턱을 열릴 때까지 두드려서 하나씩 계약을 해냈을 때는 세상을 얻은 것처럼 기뻤다. 책상 하나 전화기가 한 대인 사무실이어도 좋았다. 내가 만든 회사라 한 달에 10만 원을 벌어도 행복했다.

"여행은 저희가 가는데 대표님이 더 좋아하시네요."

여행을 떠나는 손님을 보면서 내가 더 설레는 마음이었다. 그렇게 10년이라는 시간 동안 쉼 없이 앞만 보고 달려 왔다. 그 사이 아들도 태어났고, 사업도 조금씩 확장했다. 출산 휴가도 없이 출근을 하고 공휴일과 주말에도 늘 사무실에 나왔지만 힘들지 않았다.

일 년에 한 번, 몇 년에 한 번 가는 여행도 우리 손님들은 늘 잊지 않고 찾아 주셨다. 처음 신혼여행으로 왔던 손님이 이제는 학부모가 되어서 아이의 손을 잡고 오기도 한다. 그렇게 마냥 행복할 줄 알았다.

그러던 중 갑자기 들이닥친 코로나 19. 그 갑작스러운 불청객의 방문으로 예약 취소, 직원들의 무기한 휴직, 사무실의 축소 등등 악재가 잇달아 찾아왔다. 사실상 지금은 그렇게 좋아하는 여행사 일은 잠시 멈춘 상태다. 그래도 조금 위안 아닌 위안을 하자면 그 덕분에 SBS 8시 뉴스에 출연(코로나 19로 힘든 여행업 종사자를 대표한 인터뷰)을 하기도 했다.

사실은 코로나 19로 여행이 단절된 기간에 딱 한 번 후회를 했었다.

'괜히 했어, 여행사.'

그런 생각이 가득 차 우울했을 때, 우리 여행사를 거쳐 간 손님들과 보낸 행복한 추억을 떠올리며 마음을 추슬렀다. 그리고 "대표님 이럴 때일수록 건강 챙기세요."라고 매일 응원의 메시지와 선물을 보내 주시는 고객들도 있어서 감사하다. 그래서 아직 여행의 끈을 놓을 수 없다. 아직 가야 할 곳도 보여 드릴 곳도 많이 있기 때문이다.

아직은 먹구름이 잔뜩인 상황이지만, 이제 곧 맑아질 거라고 믿고 있다.

마연희

Contents

✱

아직도 여행을 좋아해서 다행이다.
아직도 두근두근 설레여서 다행이다.

나만의
비밀 여행지

드디어 비행기표를 예약했다. 1년 11개월 만이다. 비록 고통스럽게 코를 찔러야 하는 PCR 검사도 해야 하고 예방 접종 증명서에 입국 신고서까지 준비해야 하는 서류만, 한 뭉텅이지만 갈 수 있다는 사실만으로도 설레어서 심장이 터질 것 같다.

이번 여행은 나만의 숨겨진 비밀 여행지로 떠나기로 했다. 나와 내가 아는 몇몇 지인만이 아는 그곳. 바닥이 비치는 투명한 바다 때문에 '태국의 몰디브'라는 별명을 가지고 있는 라차섬.

가 보지 못한 사람들은 이곳이 얼마나 아름다운 장소인지 모른다. 그래서 행여나 크게 알려져 유명해질까 봐 노심초사하기도 한다.

사실 라차섬은 사람들에게 너무나도 잘 알려진 푸껫 옆에 있는 작은 섬이다. 푸껫 공항에서 차로 50분 그리고 보트를 타고 40분을 가야 하는 안다만해 중간에 위치해 있다. 이곳은 작은 리조트 몇 개를 제외하고 살고 있는 사람들도 별로 없는 조용한 공간이다.

굳이 오랜 시간 동안 비행기를 타지 않아도, 몰디브 같은 바다를 만날 수 있는 곳이다. 지난 2년 동안 하늘을 올려볼 때도, 제주도의 푸른 바다를 볼 때도, 늘 라차섬의 에메랄드빛 바다가 생각났다. 내 뇌리에 저장된 라차섬의 모습은 눈을 감아도 눈을 떠도 선했다.

이런 나의 바람을 들어주기라도 한 듯, 푸껫이 2021년 여름부터 외국인에게 하늘 문을 열었다. 백신 접종만 완료하면 격리 없이 갈 수 있게 된 것이다.

푸껫에서 라차섬으로 가는 동안은 바다색이 3번 바뀐다. 짙은 검은색의 바다에서 라차섬이 가까워질수록 연하게 흐려지다가, 섬의 해변에 닿을 즈음에는 투명한 에메랄드빛이 된다. 보트가 라차섬 해안에 도착하면, 리조트 직원들이 해변까지 나와서 환영을 해 준다.

'그러고 보니 예전부터 리조트 로비를 지키던 고양이는 잘 있을까?'

모래사장에 널브러져 누워 있어도 누구 하나 뭐라고 하지 않을 그곳에서 그동안의 마음고생을 다 잊어버릴 수 있을 것 같다. 지금까지 할머니의 쌈지 주머니 속 사랑처럼 꼭꼭 숨겨 놨지만, 이제는 조금 더 좋은 장소를 사람들에게 더 많이 나눠야겠다. 그동안 고생한 나를, 우리를 위한 선물 같은 섬.

"조금만 기다려. 내가 곧 다시 갈게."

여행사의 하루,
2021년 어느 여름 날

　알람 시계는 아침 7시에 울린다. 침대에서 일어나 제일 먼저 아들을 등교시키고 맨 얼굴에 로션과 립밤 정도만 쓱 하고 바르면 출근 준비 끝이다. 집에서 사무실까지는 걸어가면 10분 정도의 거리. 느긋하게 출근을 하며 사람들을 바라본다. 종종걸음으로 내 옆을 스쳐 가는 사람들, 늦기라도 했는지 바쁘게 뛰는 사람들. 아직 할 일이 있는 사람들이라 부럽다.

　사무실에 도착해서 불을 켜고 라디오를 튼다. 냉장고에서 캔 커피 하나를 꺼내 마시면 오전 9시에 시침과 분

침이 멈춰 있다.

오늘은 아직도 환불이 안 된 항공사로 이메일 보내야 한다. 매일 기다리라는 똑같은 말만 반복하고 있다. 마음 같아서는 욕을 A4 10포인트로 18장쯤 써서 보내고 싶지만, 꾹 참고 "조속히 환불하여 주시기 바랍니다."라고 마무리한다.

오전 11시. 내가 좋아하는 라디오 프로그램이 할 시간이다. 볼륨을 높여 놓고 혼자서 잠시 킥킥.

점심시간은 오후 1시다. 사람 많은 식당에 혼자서 테이블 차지하고 먹는 것은 나이가 들어도 적응이 되지 않는다. 사람들이 빠져나간 늦은 1시가 되어서야 식당 구석에 자리를 잡는다.

"순댓국 하나 주세요"

혼자 먹기 좋은 메뉴. 직원들과 다 같이 먹을 땐 더 맛있었는데.

회사로 돌아가는 길에 우연히 올려다본 하늘. 저 멀리 비행기가 지나간다. 눈물이 또르르 흘러내릴 것 같다. 언제쯤 다시 바쁘던 그 시간으로 돌아갈 수 있을까?

해맑게 웃던 미얀마 소년은
어디에 있을까?

연일 미얀마에서 들리는 안 좋은 소식에 문득 그 소년이 떠올랐다. 한참 더운 우기의 2011년 8월에 어느 날, 가이드북 취재를 위해 태국 남부에 있는 피피섬(Phi Phi Island)으로 향하고 있었다.

당시에 피피섬은 푸껫에서도 배로 2시간을 들어가야 하는 외딴 섬이라 배낭여행객들만 간간이 찾는 곳이었다. 나는 우기의 높은 파도 때문에 속이 좋지 않아, 배에서 토하기를 반복하다가 결국 선착장에 내리자마자 주저앉아 버렸다. 하늘이 노랗고 도저히 숙소까지 갈 힘이 없었다.

오늘 내가 묵을 숙소는 선착장 골목 끝에 위치한 작은 게스트하우스였다. 그때, 한 소년이 다가왔다.

"제니퍼 마?"

"예스."

나를 확인하자마자 그 소년은 당장이라도 부러질 것 같은 가녀린 팔로 무거운 내 트렁크를 번쩍 들어서 손수레에 실었다.

"따라오세요!"

소년의 발이 눈에 들어왔다. 신발도 신지 않고 까맣게 탄 맨발이었다. 소년은 그 맨발로 톤사이 선착장 골목을 달리기 시작했다.

'혹시, 내 가방 가져가는 거 아니야?'

갑자기 캄보디아에서 소매치기를 겪었던 일이 생각났다. 나는 소년을 놓칠까, 정신없이 그를 따라서 뛰었다. 소년은 맨발로 어떻게 그렇게 빨리 뛰는지, 꼬불꼬불한 골목을 다람쥐처럼 뛰어갔다. 헉헉거리며 가쁜 숨을 몰아쉬며 도착한 곳은 골목 안쪽에 있는 허름한 3층짜리 게스트하우스. 내가 묵을 숙소가 맞았다.

'휴, 다행이다.'

정신을 차리고 고개를 들었을 땐, 소년은 이미 내 트렁크를 들고 3층 방으로 올라가고 있었다. 1달짜리 출장이라 내 트렁크는 웬만한 성인 남자들도 들기 힘들 정도로 무거웠다. 그런데 소년은 그 트렁크를 번쩍 어깨에 들쳐 메고 올라갔다. 한두 번 해 본 솜씨가 아니었다.

"혹시 엘리베이터는 있나요?"

시큰둥하게 프런트를 지키던 게스트하우스 주인에게 물었다.

"엘리베이터는 없어요."

게스트하우스 주인은 '10달러짜리 숙소에서 뭘 바래?'라는 표정이었다. 나는 3층을 기어가다시피 해서 올라갔다.

"잠깐만!"

3층에 도착했을 때 소년은 이미 트렁크를 내려놓고 급하게 나가고 있었다. 숨이 턱까지 차올랐지만, 급하게 소년을 불러 세웠다. 그리고는 주머니를 뒤져 100바트를 소년의 손에 쥐어 주었다.

"고마워요. 미스 마!"

소년은 잠시 머뭇거리더니 수줍게 인사를 하고 나갔다. 이후 나도 짐을 대충 정리하고 타이트한 취재 일정 때문에 급하게 게스트하우스 밖으로 나갔다. 피피섬의 이곳 저곳을 취재하고 돌아오는데 갑자기 비가 쏟아졌다. 후

드득 떨어지는 듯하더니 곧 본격적으로 비가 쏟아지기 시작했다.

'카메라가 젖으면 안 되는데, 어쩌지?'

급하게 나오느라 미처 우산까지 챙길 생각을 못 했다. 겨우 골목 끝 건물 처마 밑에 쭈그리고 앉아서 비가 그치기를 기다리는데 저 멀리 그 소년이 보였다.

"하이!"

나는 반가운 마음에 소년에게 손을 흔들었다. 소년은 나를 발견하자 나에게 뛰어와 말없이 우산을 건네주고 저 멀리 사라졌다.

'아, 나를 기다렸나 봐.'

숙소를 나가면서 프런트에 앉아 있던 소년과 눈이 마주쳤던 일이 생각났다. 소년은 비가 쏟아지자 우산을 들고 나를 마중 나와 있던 것이다. 우산을 주고 뛰어가는 소년은 역시 맨발이었다. 소년이 건네준 우산을 쓰고 골목을 걸어오는 내내 마음이 뭉클했다. 고맙기도 하고 미안하기도 했다. 숙소로 도착하니, 어느새 소년은 다시 카운터에 앉아 있었다. 아침에 선착장으로 나를 데리러 왔을 때부터 자정이 다 되어 가는 이 시간까지, 소년은 계속 일을 하고 있었다.

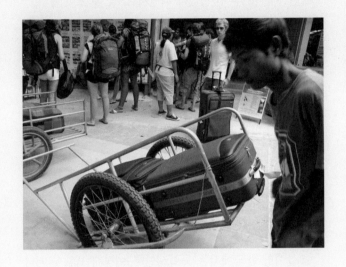

나는 조심스럽게 그에게 물었다.

"혹시 이름이 뭐야?"

"보이(Boy)요."

"어려 보이는데, 혹시 나이가 몇 살이니?"

소년은 손을 두 번 접었다 펴면서 '15살'을 보여 줬다.

"15살이구나. 어디에서 왔어?"

"미얀마에서 왔어요."

"미얀마? 미얀마에서 태국까지 온 거야?"

"네, 미얀마에 가족이 있어요. 나 돈 벌어야 해요."

소년은 영어를 더듬더듬해 가며 나와 말을 이어갔다.

태국에는 돈을 벌러 온 미얀마 사람들이 많았다. 그들은 대부분 공사장이나 호텔 청소 등 태국 사람들도 꺼리는 3D 업종에서 일을 한다고 들었던 적이 있었다. 그렇게 듣기는 했지만, 그러기에 소년은 너무 어렸다.

'15살이면 한국에서는 중학생인데, 이렇게 고향을 떠나 다른 나라에서 일을 하고 있구나.'

"혹시 가족 관계는 어떻게 되니?"

소년은 천천히 손을 꼽아가며 말해 주었다.

"아빠, 엄마, 여동생, 어린 남동생 둘이 있어요. 그런데 아빠가 많이 아파요. 그래서 태국으로 돈 벌려고 왔어요."

나는 소년이 너무 안쓰러웠다. 아침부터 내 팔보다 가녀린 팔로 무거운 짐을 들어 엘리베이터도 없는 방까지 옮겨주고, 밤늦은 시간까지 프런트를 지키고 있는 소년의 얼굴에는 피곤이 가득했다. 나는 급히 방으로 올라가서 가방을 뒤졌다. 마침 태국에 있는 지인들에게 전해 주려고 가져온 홍삼 선물 세트 박스를 찾아서 그에게 건넸다.

"이건 한국의 홍삼이야. 아버지에게 전해 드리렴."

소년은 말없이 고개를 숙이고 있었다. 그의 무릎에 눈물 한 방울이 똑 떨어졌다.

'매일 얼마나 선착장과 숙소를 뛰어다녔을까? 또 얼마나 3층 계단을 무거운 짐을 들고 올랐을까?'

나는 게스트하우스에 오는 배낭여행객들이 팁에 후하지 않다는 것을 안다. 그리고 고생에 비해 적은 돈을 버는 소년의 안타까운 현실에 마음이 아팠다.

"보이, 넌 좋은 아이야. 미래에 너는 훌륭한 사람이 될 꺼야. 나도 오랫동안 너를 기억할게. 그리고 여기에 다시 오면 꼭 연락할게."

다음 날, 체크아웃을 하는데 소년이 보이지 않았다. 게스트하우스 주인에게 물어보니 아침 일찍 선착장으로 손님을 맞이하러 나갔을 거라고 말했다.

'꼭 인사하고 가고 싶었는데.'

아쉽지만 게스트하우스 주인에게 소년에게 꼭 전해 주라고 약간의 돈을 남겨 두었다.

그리고 3년이 흘렀다. 나는 다시 피피섬을 찾았고, 잊지 않고 그 숙소를 다시 찾아갔다. 아쉽게도 그 게스트하우스는 없어지고 그 자리에는 그때와 사뭇 분위기가 다른 레스토랑이 있었다. 그리고 피피섬의 이곳저곳을 다녔지만, 그 소년은 만날 수 없었다.

'지금은 청년이 되었을 텐데, 아마도 돈을 잘 벌어서 미얀마로 갔을까?'

그렇게 생각하고 싶었다.

"부디, 건강하고 행복하길. 그날 기다려 줘서 정말 고마웠어. 보이."

부부 싸움은
신혼여행부터!

　우리 여행사를 찾는 손님들의 대부분이 신혼여행객이
다. 고단한 결혼식을 마치고 가는 여행에 좋은 일만 가
득했으면 하는 마음으로 일일이 고객의 취향에 맞춘 컨
설팅이 한몫했다고 생각한다. 여행사를 시작하면서 신혼
여행으로 보낸 커플은 어림잡아 1,000쌍은 될 정도니까.
문제는 아무리 좋은 컨설팅을 했어도 사건은 있기 마련
이다.

　"대표님, 저 오늘 한국으로 가는 비행기 표 좀 알아봐
주세요!"

이틀 전 태국의 코사무이로 신혼여행을 떠난 신부에게서 다급한 전화가 왔다.

"혹시 무슨 일 있으세요?"

신부의 떨리는 목소리에서 다급함이 느껴졌다.

"그냥 일이 좀 있어서 오늘 한국으로 가야겠어요."

"그러세요? 그럼 제가 오늘 한국 가는 비행편 자리 있는지 알아보고 바로 연락을 드릴게요."

그러나 매일 한 편뿐인 한국행 비행기는 이미 만석이었고, 다음 날은 비행 스케줄이 없는 날이었다. 문득 그녀의 다급한 목소리가 신경쓰였던 나는 일단 신부에게 전화했다.

"오늘 한국으로 들어가는 비행기는 만석이고, 내일은 비행 스케줄이 없는 날입니다. 혹시 무슨 일인지 여쭤봐도 될까요?"

"저 남편이랑 싸웠어요. 그래서 여기에 더는 같이 못 있겠어요."

아차, 그런 일이었구나. 손님의 사연은 문득 나의 신혼여행을 떠올리게 했다. 2002년 3월 30일. 부푼 기대와 설렘을 안고 발리로 떠난 신혼여행. 호텔에 도착하자마자 객실 문을 열었을 때, 뭔가 잘못되었다는 걸 알았다.

'분명 여행사에서 보여 줬던 방은 이게 아닌데.'

주말이라 여행사는 전화를 받지 않았고, 나는 씩씩대며 호텔 로비로 가서 200달러를 더 주고 방을 직접 업그레이드했다. 이미 푼 짐을 다시 싸고 새로운 방이 준비될 때까지 로비에서 2시간을 더 기다렸다.

내 마음을 아는지 모르는지. 남편은 "무슨 방 때문에 그렇게 유난이야, 그냥 잠만 자면 되지."라며 핀잔을 주었다. 그 순간 눈물이 왈칵 쏟아졌다.

'내가 이 허니문을 얼마나 기대했는데.'

내 마음을 몰라 주는 남편이 미웠다. 연애할 때도 한 번도 싸우지 않았던 우리는 첫 부부싸움으로 신혼여행을 시작했다.

"발리에 왔으면 서핑 정도는 해야지!"

"그럼 시계 풀어 놓고 들어가. 시계에 물 들어가!"

"괜찮아, 이거 방수야!"

그렇게 자신하던 남편은 꾸따 비치에서 서핑을 하다가 면세점에서 산 명품 시계를 바닷가 어디 즈음에 잃어버렸다. 이후에도 방 문제로 시작한 부부 싸움은 그렇게 사사건건 다툼으로 이어졌고, 결국 돌아오는 비행기를 따로 타고 와야 했다.

오는 내내 기내에서 울고 있던 나에게 승무원이 다가와서 이유를 물었고, 서운한 마음이 폭발한 나는 승무원의 손을 잡고 오열하고 말았다. 그때 내 손을 잡아 주던 승무원의 위로가 아직도 따뜻하게 기억으로 남아 있다. 사랑하는 가족도 애인도 친구도 여행에서 24시간을 같이 보내면 정말 생각도 못 한 일로 다투는 일이 생긴다. 나에게 이유를 말하는 신부의 목소리에서 20년 전 내가 느꼈던 그 서운함이 느껴졌다.

"저도 예전에 신혼여행을 갔을 때 남편과 싸워서 비행기를 따로 타고 왔어요. 신랑님께 많이 서운하셨죠? 저는 그 마음 알아요. 지금이 두 분 평생에 제일 행복한 시간을 보내고 계시니, 일단은 한 번 더 신랑님과 잘 대화해 보세요. 내일 스노클링도 있는데 지금 오시면 남은 일정이 너무 아까워요. 그리고 지금 오시면 부모님께서 많이 걱정하세요."

묵묵히 듣고 있던 신부는 흐느꼈고, 그 이후로도 우리의 통화는 한참 동안 계속되었다. 마음을 추스르는 방향으로 통화를 마치고 나는 호텔로 연락했다.

"201호 손님들 허니문인데, 혹시 케이크나 와인을 넣어 드릴 수 있을까요? 비용은 이쪽에서 지불하겠습니다."

다행히 그 후에는 신부로부터 연락이 오지 않았다. 그리고 그 부부는 코사무이에서 신혼여행을 잘 마치고 한국으로 예정된 날짜에 잘 돌아왔다. 며칠 후, 신부에게서 전화가 왔다.

"안녕하세요? 덕분에 잘 다녀왔어요. 그때 전화 잘 한 것 같아요. 잘 들어주셔서 감사해요"

"아니에요. 그때 연락 잘 주셨어요. 원래 신혼여행은 부부 싸움부터 시작하는걸요. 나중에 생각하시면 추억이 될 거예요"

그 후로 그 신혼부부는 매년 가족 여행을 간다. 이제는 예쁜 아가도 함께.

코코넛은
위험한 과일입니다

여행지에서 볼 수 있는 야자수는 아파트 5층 정도의 높이인데 보통은 그 끝에 코코넛이 열려있다. 물론 안전상의 이유로 제때 수확을 하지만, 그렇지 못한 경우도 간혹 존재한다. 때문에 간혹 무시무시한 높이에서 떨어지는 코코넛는 어마어마한 위력을 선보이기도 한다.

몇 가지 일화로 길을 지나던 행인에게 떨어져 뼈가 부러지거나, 뇌진탕을 일으킨 일도 있었다. 추가로 더욱 무시무시한 것은 떨어진 코코넛 열매에 맞아 식물인간이 된 사례도 있다고 하니 맛은 있지만 생각보다 위험한 과

일이다. 그런데 살다살다가 나에게도 그러한 일이 일어날 줄이야.

발리에 있는 친한 호텔 매니저인 안드로에게 연락이 왔다. 늦은 시간인 만큼이나 그의 목소리에는 다급함이 묻어 있었다.

"내일 아침에 오는 너희 손님, 체크인이 안 될 거 같아."

"뭐라고? 왜?"

"어젯밤에 발리에 태풍이 지나갔어. 그런데 팜 트리에서 코코넛이 바람에 떨어져서 풀 빌라 위로 떨어졌는데 지붕에 구멍이 났어."

"오 마이 갓!"

태풍에 코코넛이 떨어져서 하필 우리 손님이 묵을 풀 빌라 지붕이 구멍 날 확률이 얼마나 될까? 어이가 없었지만, 따질 시간이 없었다. 4시간 후면 그 구멍 난 풀 빌라에 묵을 우리 손님이 도착한다.

"안드로, 그럼 어떻게 하지?"

"우리 풀 빌라가 해변 쪽에도 있는데, 혹시 거기로 옮기면 어떨까? 여기 우붓에는 남은 풀 빌라도 없고, 수리하는데 며칠은 걸릴 것 같아."

"안드로, 우리 손님은 이 풀 빌라에 오려고 오랫동안 여

행을 준비했어. 얼마나 기대하셨는데, 만약 다른 숙소로 옮긴다고 해도 파격적인 혜택이 있어야 할 거야. 바다가 보이는 풀 빌라에 디너와 마사지도 추가해 줘."

"오케이. 할 수 있어. 그럼 손님에게 물어보고 알려 줘."

손님이 발리에 도착하기 4시간 동안 나는 이 어이없는 상황을 어떻게 말해야 하나 머릿속이 복잡해졌다. 진짜 이건 누가 들어도 거짓말 같은 상황이다. 가끔 호텔에서 오버부킹(Overbooking)이 되면 다른 호텔로 손님을 이동시키는 일은 있지만, 코코넛이 떨어져서 지붕이 깨지다니.

드디어 손님이 발리에 도착할 시간이 되었다. 심호흡을 한 번 하고 전화를 걸었다.

"안녕하세요? 웰컴 투 발리입니다!"

나는 평소에 잘 하지도 않은 너스레를 떨었다.

"죄송합니다. 오늘 체크인하실 풀 빌라가 어젯밤 폭우에 코코넛이 떨어져서 지붕에 구멍이 났어요. 그래서 지금 수리 중이라, 아무래도 다른 숙소로 옮겨야 할 것 같습니다. 믿기 어려우시겠지만, 정말 죄송합니다."

잠시, 수화기 너머로 정적이 흘렀다.

"그럼 어떡해요?"

손님은 차분하게 말을 이어갔다.

"그래서 제가 호텔 매니저와 상의를 했는데요. 짐바란 해변 쪽에 같은 풀 빌라가 있습니다. 혹시 괜찮으시면 그 숙소로 가시면 어떨까요? 3코스 디너와 마사지도 준비해 드리려고 해요. 풀 빌라도 오션 뷰로 요청했습니다.

"일단은 같이 가는 친구와 상의하고 연락을 드릴게요."

"감사합니다. 연락 기다리겠습니다"

그렇게 10여 분이 흘렀다.

"대표님, 저희 준비해 주신 해변 쪽 숙소로 갈게요."

나의 걱정과는 달리 너무나 쿨 하게 흔쾌히 결정해 주셨다. 은주 님은 나의 첫 여행사 손님이자 VIP 손님이다. 책상 하나로 시작한 작은 여행사일 때부터 지금까지 매년 우리 여행사를 찾아 주시는 고마운 분. 이번 발리 여행은 친구 커플도 함께한 더 중요한 여행이었다.

"양해해 주셔서 정말 감사합니다. 호텔에 전달하고 이상 없도록 잘 준비할게요. 혹시나 불편한 점 있으시면 언제든지 연락 주세요. 다시 한 번 감사합니다."

나는 두 손으로 전화를 받으면서도 연신 고개를 숙이고 있었다. 기쁜 마음도 잠시, 나는 안드로에게 이 소식을 전해야 했다.

"안드로, 우리 손님이 넓은 마음으로 오케이 했어. 대

신 털끝만큼도 이상 없도록 준비해 줘. 만약 더 이상 트러블이 생기면 나도 해결할 수 없어. 이 손님 우리 회사에 VIP란 말이야. 그리고 결혼기념일 여행이라고."

"결혼기념일 여행이라면 와인과 케이크도 준비할게. 손님에게 이해해 줘서 고맙다고 꼭 전해 줘."

다행히 은주님과 친구 커플은 발리에서 더 이상 아무 일 없이 잘 보내고 왔다. 그리고 매년 은주 님과 종종 그여름의 발리 이야기를 한다.

"저희 그 풀 빌라가 너무 좋았어요. 덕분에 더 좋은 곳에서 보내다 온 걸요."라고 그때의 일을 이렇게 말해 주신다. 고맙게도. 우린 그렇게 코코넛 덕분에 또 하나의 추억을 공유할 수 있었다.

여권은 아이 손이
닿지 않는 곳에 보관하세요

TV에서 마감 뉴스를 할 즈음 고객에게서 연락이 왔다. 내일 태국으로 출발하는 가족 여행 손님이었다.

"저 혹시 내일 비행기인데, 아이가 여권에 그림을 그렸어요. 괜찮을까요?'

"여권에 그림을요?"

갑자기 머릿속이 하얘졌다. 여권에 그림을 그리면 훼손이라, 출국도 안 되고 입국도 안 된다. 운 좋게 출국은 했더라도 그 나라에 입국할 때 발견되면 되돌아와야 한다.

"조금 더 자세하게 말씀해 주시겠어요?"

"짐을 싸려고 여권을 꺼냈는데, 글쎄 아이가 여권 빈 페이지에 그림을 그려 놨더라고요. 볼펜으로 그려서 지워지지 않아요."

'여권에 그림을 그리면 훼손이라 재발급을 해야 합니다. 여권 재발급은 2~3일 걸려서 내일은 출국이 안 됩니다.'라고 하고 싶었지만, "우선 방법이 있는지 알아보고 바로 연락을 드릴게요."라고 말하고 전화를 끊었다.

마음이 급해졌다. 우선 다음 날 출발하는 항공 좌석을 체크했지만 이미 만석이었다. 그리고 모레도 마찬가지였다. 그도 그럴 것이 8월 여름 휴가 시즌인 극성수기인 데다가 인천-푸켓 직항은 당시 하루에 1편뿐이라 마감된 지 오래였다. 설사 항공편이 있어도 현지 리조트도 만실이라 날짜 변경도 어려웠다. 내일 출발이 안 되면 모든 게 틀어진다. 나는 어떻게 든 방법을 찾아야 했다. 결국 평소 잘 알던 여행사 사장님께 밤늦은 시간을 무릅쓰고 전화를 드렸다.

"사장님, 밤늦게 죄송합니다. 저희 손님이 급하게 여권을 재발급을 받아야 하는데요. 혹시 내일 오전 중으로 최대한 빨리 여권을 받을 방법이 있을까요?"

"인천 공항에 긴급 여권 발급 센터가 있긴 한데, 출장이나 공무상으로 급한 용무에만 재발급해 주는 걸로 알고 있어요. 일단은 한 번 알아보세요."

"그래요? 감사합니다! 나중에 다시 전화드릴게요."

나는 급하게 인사도 하는 둥 마는 둥 하고 전화를 끊었다.

'오후 5시 출발이니까, 오전에 빨리 재발급을 받으면 내일 출발할 수 있을 거야!'

"김○○ 님, 휴트래블 마 대표입니다. 우선 아이 혼내지 마시고요. 여권에 낙서를 하면 훼손으로 인정되어서 그 여권은 사용할 수 없어서 재발급을 받아야 해요. 보통 여권을 재발급에는 2~3일 걸리는데, 다행히 인천공항에 긴급 여권 발급 센터가 있어서 당일에 여권 발급이 가능하다고 합니다. 내일 아침 9시에 문을 여니까, 그 전에 도착하셔서 여권 신청하세요. 필요 서류는 제가 문자로 따로 넣어 드릴게요. 저도 내일 아침 일찍 센터에 전화해서 사정 전달하고 최대한 빨리 발급할 수 있도록 부탁하겠습니다."

나는 아이 엄마를 안심시키고 전화를 끊었다.

'제발 아이가 혼나지 않았으면.'

불안감에 시달리며 자다 깨다를 반복하던 나는 9시가

되자마자 인천공항의 여권 발급 센터로 전화를 했다.

"안녕하세요? 지금 여권 재발급을 신청하면 오전 중으로 받을 수 있을까요? 아이가 여권에 낙서를 해서요. 오늘 오후에 꼭 출발해야 하는데 꼭 부탁드립니다."

"잠시만 기다리세요."

1~2분 기다리는 동안에 수화기 너머로 내 심장 소리만 들렸다.

"최대한 빨리 오셔서 신청하시면 오전 중으로 가능할 것 같습니다. 기존 여권과 여권 사진 2매, 가족 관계 증명서와 수수료 15,000원을 가지고 오시면 됩니다."

"감사합니다, 진짜 감사합니다!"

나는 바로 손님에게 전화를 했다.

"안녕하세요? 공항에 도착하셨어요? 여권 지금 신청하시면 오전 중으로 가능하다고 확인했습니다. 우선 여권 신청하시고 새 여권 나오면 바로 연락해 주세요."

3년 같은 3시간이 지나고 드디어 여권이 나왔다.

"지금 여권 받았어요!"

아이 엄마의 목소리에서 안심의 탄식이 흘러나왔다.

"정말요? 빨리 나와서 정말 다행이에요. 수속은 3시부터 할 수 있어요. 참, 아침도 못 드셨죠? 공항 지하 1층에 가시면 식당가 있어요. 식사하시고 출발 3층 E 14번 카운터에서 탑승 수속하고 들어가시면 되세요. 혹시 현지에서 무슨 일 있으시면 언제든지 연락해 주시고 재미있게 잘 다녀오세요."

그 후에도 손님들의 비행기 탑승까지 확인하고 나서야 긴장을 놓을 수 있었다.

사실 지금에서야 말하지만, 그 가족에게 말하지 않은 비밀이 하나 있었다. 어쩌면 이 사건은 해피 엔딩이 아닐 수도 있었다. 긴급 발권 여권은 일회용 단수 여권인데, 이 단수 여권으로 입국할 수 없는 국가들이 있다. 그때만 해도 필리핀, 베트남, 인도네시아는 단수 여권이 안 되고 하와이는 여권이 바뀌면 ESTA 비자를 다시 신청해야 해서 당일은 절대 안 된다. 만약 이 가족의 목적지가 발리나 하와이나 다른 곳이었다면 생각만 해도 아찔하다.

태국이라 다행이다. 하루 전에 알아서 다행이다. 긴급 민원 센터가 있어서 다행이다. 여행을 갈 수 있어서 다행이다. 아무튼, 모든 게 다행이다!

귀여운
꼬마 손님

유독 귀여운 꼬마 손님이 있었다. 엄마의 손을 잡고 사무실에 들어오는데 두 손 모아 "안녕하세요? 선생님!"이라고 인사하던 모습이 기억에 남았다. 선생님은 아니라고 했는데도 꼬마는 집에 갈 때까지 나를 선생님이라고 불렀다.

꼬마 손님은 엄마와 내가 여행 상담을 하는 내내 옆에서 그림을 그리며 얌전히 기다렸다. 상담이 끝나고 엄마가 일어난 사이 꼬마가 선반 위의 무언가를 집어 들었다. 꼬마는 내가 아끼는 비행기 모형을 만지고 있었다.

"그거 만지면 안 돼. 선생님 거야."

엄마가 놀라서 아이가 들고 있던 것을 빼앗아서 내려 놓았다

"이게 맘에 들어요?"

귀여운 꼬마 손님에게 당장이라도 주고 싶었지만, 나도 몇 달을 기다려서 어렵게 구한 리미티드 보잉 747 비행기 였기 때문에 어쩔 수 없었다.

"이건 선생님이 어렵게 구한 거라서, 미안해요. 엄마 아 빠랑 여행 잘 다녀와요."

"네, 선생님."

꼬마 손님이 떠나고 그 가족의 파일을 정리하다가 우 연히 아이의 여권을 봤다.

'어, 생일이네?'

여행 출발하는 날이 꼬마의 생일이었다. 나는 비행기 모형을 만지작거리던 얼굴이 떠올랐다. 나를 선생님이라 고 불렀던 귀여운 꼬마에게 서프라이즈 생일 선물을 해 주고 싶었다. 아이가 타고 갈 항공사는 기내 면세품 리스 트에 비행기 장난감이 있었다. 아이 이름으로 작은 비행 기 모형을 신청하고 생일 케이크도 하나 준비해 달라고 했다.

'아이가 비행기에 타면 승무원이 케이크와 미리 준비해둔 비행기 장난감을 가져다주겠지?'

좋아할 아이의 표정이 떠올라서 내가 다 설레었다.

"어머님은 모른 척하세요."

살짝 아이 엄마에게만 미리 귀띔해 두었다.

드디어 꼬마 손님이 여행 가는 날. 여행지에 비행기가 도착하자마자 아이 엄마가 사진을 보냈다. 사진 속에서 "꺅!"이라고 소리 지르고 있는 아이 모습에 나도 웃었다. 일곱 살 생일은 더 특별하길. 그리고 오래 기억되길.

비행기 비상구는
열지 마세요!

2015년 1월 11일 19시.

To Phuket Asia Atlantic Air HB5303 Delayed.

벌써 푸껫으로 떠났어야 하는 항공편이 아직도 출발을 못 하고 있다. 전세기 항공편들은 워낙 연착과 결항을 밥 먹듯이 하기 때문에, 진짜 출발했는지는 시스템으로 확인을 한 후에야 마음을 놓을 수 있다. 손이 참 많이 가는 항공이다.

'이상하네, 왜 출발이 자꾸 지연되지? 무슨 일 있나?'

휴대폰이 울린다.

"대표님, 출발하려고 탑승하고 기내식까지 먹었는데 갑자기 내리라고 하네요. 무슨 일인지 모르겠어요. 지금 탑승구 앞에서 대기 중이에요."

왜 불안한 마음은 틀린 적이 없나. 이번에는 무슨 일인지 알아야 했다.

"고객이 통화 중이어서 연결이 안 됩니다. 다음에 다시 연락 주십시오."

역시 인천공항 항공사 카운터는 계속 통화 중이다. 겨우 손님에게 전화해서 앞에 있는 항공사 직원을 바꿔 달라고 한 후에야 자초지종을 들을 수 있었다. 사건은 이러했다.

18시 55분. 비행기가 활주로로 이동하기 5분 전. 비상구 옆에 앉은 승객이 비상구 문의 손잡이를 당긴 것이다.

'오 마이 갓!'

이런 일은 처음이다. 비상구의 그 승객은 무슨 생각으로 비상구를 열었을까? 사실 비상구는 아무나 앉을 수 없다. 말 그대로 비상시에 승무원과 함께 승객의 탈출을 도와야 하기 때문에 수속할 때 항공사 직원이 승객에게 직접 안내를 하고 동의를 받는다. 그런데 그걸 아는 사람이 비상문을 열다니. 문제는 항공기 비상문은 일회용이라, 열린 비상문을 교체하거나 다른 비행편으로 변경해야 한다.

당시 아시아 아틀란틱 항공은 인천-푸껫 한시적인 전세기라서 대체 편이 없었다. 항공사 측에서는 비상문을 수리하는 것으로 가닥을 잡았지만, 태국 본사에 있는 비상문 부품을 가져오는 데만 하루, 수리하는데도 8시간이 걸린다고 했다.

'오늘 출발은 물 건너간 거 같은데.'

우선 이 상황을 손님께 알려야 했다.

"고객님. 비상구 쪽에 앉은 승객이 비상구를 열어서 문을 수리하고 출발해야 합니다. 우선 대체 편도 알아보고 있는데 확인이 되는대로 연락을 드리겠습니다."

오늘 출발이 힘들 거라는 걸 알고 있었지만, 어떻게 든 출발할 수 있는 방법을 찾아야 했다. 이미 공항 탑승구 앞에는 항의하는 손님들과 몇 시간째 대기하는 수백 명의 승객들, 분주한 공항 직원들로 난리였다. 23시 50분, 원래대로 출발했으면 이미 푸껫에 도착했을 시간이다.

"안녕하세요? 아까 전화한 휴트래블입니다. 혹시 변동된 상황이 있을까요? 오늘 출발이 가능할까요?"

나는 5분 간격으로 항공사 카운터로 전화해서 상황을 확인했다. 안 그래도 승객들 대응하느라 정신이 없는 항공사 직원에게 미안했지만, 나도 우리 손님이 먼저

기 때문에 어쩔 수 없었다. 이 시간에 이렇게 전화하는 여행사는 처음이라며, 그 항공사 직원은 나에게 살짝 귀띔해 주었다.

"일단 열렸던 비상문을 용접으로 막고 출발하기로 결정했습니다. 단, 항공기 규정상 막힌 쪽 비상구 근처에는 승객이 앉을 수 없어서, 원래 탑승 인원의 1/3인 70명만 출발해야 합니다."

나는 바로 우리 손님의 좌석 번호를 확인했다.

'아, 비상구 근처다.'

우리 손님은 신혼여행이었다. 이대로 신혼의 첫날밤을 인천공항에서 보내게 할 순 없었다. 나는 비장한 마음으로 항공사 직원에게 이야기했다.

"좌석 번호 45, 46 손님들 꼭 탑승할 수 있도록 해 주세요. 아니면 저희 엔도스(Endorse) 요청할 겁니다."

엔도스, 나는 히든카드를 쓰기로 했다. 엔도스는 항공편이 부득이한 상황으로 출발이 불가할 경우 다른 항공사로 바꿔 주는 것을 말한다. 이 항공사가 엔도스를 할 경우 타 항공사에 티켓 금액을 지불해야 하기 때문에 항공사에서는 꺼리는 일임을 나는 알고 있었다.

"지금부터 제가 드리는 말씀 잘 들으시고 결정해 주세

요. 항공기 비상문은 오늘 교체가 힘들어서 용접하고 출발할 거에요. 단 70명만 탑승할 거고 남은 승객은 내일 대체 편으로 마련해 줄 거라고 했지만 미정입니다. 혹시 이 비행기가 불안하시면 안 타셔도 됩니다. 신부님과 상의하시고 알려주시면 항공사로 전달하겠습니다."

"대표님, 저희 이 비행기로 출발할게요."

그렇게 출발 예정 시간보다 7시간이 연착된, 새벽 2시 HB5303편은 푸껫으로 출발할 수 있었다.

푸껫으로 비행하는 6시간 동안 나는 마음을 놓을 수 없었다. 안전하게 비행하고 잘 도착할 수 있도록 기도하고 또 기도했다. 그 사이 현지 공항 픽업 기사 시간을 변경하고 노 쇼(No-Show)가 될 수도 있는 호텔에도 미리 그들이 늦게 도착할 거라고 연락도 해 두었다.

HB5303 Incheon to Phuket Landed

아침 8시. 뜬눈으로 밤을 새고, 푸껫 공항 시스템에서 항공편 도착을 확인했다. 그리고 손님의 호텔 체크인까지 확인하고 나서야 출근 준비를 했다. 출근길, 인터넷 뉴스에서 어젯밤 공항에서 고생했던 우리 손님들의 뒷모습을 볼 수 있었다. 모자이크 처리가 되어 있었지만, 우리 손님이라는 걸 단번에 알 수 있었다.

참! 그리고 궁금해 할 것 같아서 비상구를 열었던 승객의 이야기를 적는다. 항공사는 비상구를 열었던 승객에게 비행기 수리비와 지연 배상금을 청구했다고 한다. 무려 그 청구 금액은 1억 원이었다고 한다. 그 승객은 잠시의 호기심 때문에 큰 대가를 치러야 했다. 혹시나 하는 마음에 적어 두지만, 아무리 궁금해도 제발 비상구는 열지 마세요. 제발!

그녀의 유모차는
어디에 있을까?

"안녕하세요? 대표님 저희 다낭에 잘 도착해서 호텔로 왔어요. 그런데 저희 유모차가 없어졌어요. 공항까지는 분명 있었는데 기사가 호텔에 내려줄 때 보니까 유모차가 없어요. 어떡하죠?"

"혹시 유모차 브랜드와 색깔이 어떻게 되나요?"

"○○ 브랜드이고 색깔은 흰색이요."

"네, 제가 찾아보고 연락을 드릴게요."

나는 먼저 공항에서 호텔로 손님을 픽업한 기사에게 연락해서 유모차에 대해 물었다.

"안녕, 미스터 응우옌. 혹시 손님 공항에서 픽업할 때 유모차 봤어요?"

"응, 제니퍼. 트렁크 2개가 있어서 차에 실었어요. 유모차는 없었는데요?"

기사는 나에게 오히려 유모차가 있었는지를 되물었다.

'도대체 어디에 있는 거지?'

더운 날씨에 유모차도 없이 3살 아이를 데리고 여행할 아이 엄마가 떠올랐다. 우선 현지 담당자에게 연락해서 유모차를 구해 호텔로 보냈다.

"기사도 유모차를 못 봤다고 해요. 유모차는 저희가 계속 찾아보겠습니다. 우선 저희 현지 사무실에 유모차가 있어서 찾을 때까지 쓰실 수 있도록 렌탈을 해서 먼저 보내 드릴게요."

유모차 렌탈 업무를 처리하고 급한 마음으로 다낭 국제 공항 유실물 센터로 곧장 전화를 했다.

"유모차를 찾고 있는데요. 오늘 아침에 혹시 유모차 들어온 것 없나요?"

"없습니다. 혹시 유모차 색깔이 어떻게 되나요?"

"흰색입니다. 혹시 분실물 센터로 유모차 들어오면 연락 주시겠어요? 저도 오후에 다시 연락을 드리겠습니다."

사실 외국 공항의 분실물 센터 직원들은 생각만큼 적극적이지 않다. 찾는 물건이 분실물 센터로 들어왔는데도 없다고 해서, 기사를 보내 직접 가서 찾아온 일이 여러 번이다. 이대로 포기할 수는 없다. 나는 실례를 무릅쓰고, 현지의 다른 여행사 사장님에게 전화를 했다.

　"안녕하세요? 사장님, 뭐 좀 부탁드려도 될까요? 오늘 저희 손님이 공항에서 유모차를 잃어버리셨는데요. 혹시 공항에 기사가 있으면, 분실물 센터에서 유모차 들어온 거 있는지 확인 좀 해 주실 수 있을까요? 흰색 유모차입니다."

　"오랜만이네요. 지금 저희 기사가 공항에 있으니 찾아보라고 할게요."

　"감사합니다. 꼭 좀 부탁드려요."

　이어 손님이 묵고 있는 호텔 프런트에 연락해서 혹시 유모차가 호텔로 도착하면 손님 객실로 가져다 달라고 부탁도 했다. 매일 손님이 잃어버린 수많은 종류의 물건을 찾아봤지만, 유모차는 처음이다. 나는 다시 걱정하고 있을 아이 엄마에게 다시 전화를 했다.

　"안녕하세요? 공항에 있는 분실물 센터에 확인했는데 없다고 합니다. 일단은 저희가 계속 찾아보고 있습니다."

"대표님, 그 유모차 한국에서 렌탈해서 가져온 거에요. 분실되면 저희가 물어줘야 해요."

"그럼, 꼭 찾아야겠네요. 더 열심히 찾아보겠습니다"

하루 이틀 지나고 어느덧 한국으로 돌아가는 마지막 날이 되었다. 그러나 유모차는 끝내 나타나지 않았다.

"공항 분실물 센터에도 계속 확인하고, 현지 지인에게도 알아봤는데 없어요. 어떡하죠?"

"렌탈한 제품이라 한국에 도착해서 유모차비를 물어 줘야 하는데. 그럼 대표님께서 내주셔야겠어요."

"네?"

당황스러웠다. 아이와 해외여행을 와서 유모차를 잃어버리고 속상하고 안타까운 마음은 이해한다. 그러나 유모차를 물어 달라니. '여행사에서 개인 물품 분실까지 배상해 드리기는 어렵습니다.'라는 말이 턱 밑까지 올라왔지만 꾹 참았다.

"혹시 렌탈 회사에 내셔야 하는 유모차 배상금이 얼마인가요?"

"23만 원입니다."

"네, 그럼 제가 23만 원 계좌로 보내 드릴게요. 인천공항에 도착하셔서 유모차 렌탈 업체에 지불하시고 조심

히 들어가세요. 유모차를 잃어버려서 속상하시겠지만,
즐거운 여행되셨길 바랍니다."

23만 원은 나에게도 적은 돈은 아니었다. 한 달 치 아
들의 학원비를 낼 수 있는 금액이었다. 그렇지만 '외식을
몇 번 안 하면 되지.'라며 아이 엄마 마음이 편해지는 쪽
을 택했다. 결국 그 고객은 한국에 잘 돌아왔고 그렇게
사건이 조용하게 마무리되는 줄 알았다.

3일 후, 사무실에 누군가 찾아왔다. 유모차를 잃어버
렸다고 연락을 했던 고객이다. 아이를 업은 고객과 언니
라는 사람이 함께 사무실을 찾아왔다.

"안녕하세요? 잘 다녀오셨어요?"

"대표님, 저 정신적인 보상을 받아야겠어요. 제가 유모
차 잃어버려서 여행 내내 얼마나 걱정한 줄 아세요?"

순간, 뒤통수를 크게 얻어맞은 것 같았다. 현지에 도착
해서 유모차를 잃어버렸다고 연락이 와서, 나는 여행 동
안 쓸 유모차를 무료로 대여해 주었다. 그리고 유모차
비용까지 배상해 주었는데 정신적인 보상금이라니.

"고객님, 유모차는 개인 물품이라서 본인이 잘 챙기셔
야 해요. 특히 공항처럼 사람이 많은 곳에서는 본인이 확
인하셔야 합니다. 부득이하게 유모차가 분실하게 되어서

제가 현지에서 불편하지 않도록 유모차도 빌려 드렸고, 또 유모차 배상금도 필요하다고 하셔서 지불해 드렸습니다. 물론 잃어버려서 속상하셨겠지만, 저도 유모차를 찾으려고 백방으로 알아보고 최선을 다했습니다. 냉정하게 들리실 수 있지만, 여행사에서는 여행자 개인 물품 분실에 대한 배상 책임은 없습니다. 다시 말씀 드리자면 저와 저희 회사에서는 최선을 다했습니다."

나흘 동안 밤낮으로 유모차를 찾으려 한 고생이 떠오르면서 속상한 마음이 한꺼번에 터져 나왔다. 그러면서도 아이를 업고 있는 모습이 눈에 들어왔다.

"저도 여행사 대표에 앞서 아이를 키우는 엄마입니다. 힘든 육아를 하고 아이와 첫 해외여행인데 얼마나 속상하셨겠어요. 저도 그 마음 알기 때문에 꼭 찾으려고 애썼는데, 몰라주시니 제가 너무 속상합니다. 아이를 키우다 보면, 이런 일 저런 일 많습니다. 다음에 아이와 여행을 가시면 제가 더 잘 챙길게요. 날도 더운데 아이 없고 오시느라 얼마나 힘드셨어요. 우선 여기 앉으세요."

결국 고객님은 눈물을 보였다. 본인도 속상했나 보다. 아이 엄마와 나는 얼싸안고 그렇게 한참을 울었다.

이 사건을 겪은 후, 방문하는 손님들에게 보여 드리는

안내문에 내용이 하나 더 늘었다.

"여행지에 도착해서 유모차는 꼭 챙기세요. 그리고 개인 물품에 한해서는 분실 시, 여행사가 책임을 지지 않습니다."

살짝 뒤끝이 있어 보이는 내용이지만, 필요한 내용이니까. 참, 그런데 그녀의 유모차는 어디로 간 걸까?

저희도
발리에 갈 수 있나요?

"안녕하세요? 거기 맞춤 여행하는 곳이죠? 혹시 발리
도 하시나요?"

"네, 그럼요! 어떤 여행이세요? 혹시 출발은 언제로 생
각하시고 계시는가요?"

나는 자신감 넘치는 목소리로 상담 전화를 받았다.

"저기, 신혼여행이에요. 다음 주 월요일 출발이고요. 그
런데 저희가 몸이 좀 불편해요."

"혹시 조금 더 자세히 말씀해 주실 수 있으세요?"

통화를 주신 고객분은 조금 주저하다가 입을 열었다.

"저희 부부가 휠체어 없이는 이동이 힘들어요. 아내가 발리로 신혼여행을 가고 싶어 하는데, 이미 여행사 몇 곳을 알아봤지만 다들 안 된다고 해서요. 아내가 많이 실망했어요. 그래서 포기하고 있다가 인터넷에서 찾아보니 맞춤 여행으로 해 주신다고 해서 연락을 드렸어요. 저희도 발리로 여행을 갈 수 있을까요?"

그의 목소리에는 힘이 없었다. 이미 내가 거절할 거란 걸 알고 있는 것처럼. 사실 조금만 생각을 해 봐도 이 여행은 불가능했다. 무엇보다 힘든 여행이었다. 여행 일정에 따라다녀야 하는 헬퍼도 2명이나 필요하고, 다른 팀과 같이 일정을 소화할 수 없어서 차량과 투어도 단독으로 진행해야 하는데, 그러면 비용이 너무 크다. 그리고 가는 곳마다 휠체어가 들어갈 수 있는지 체크해야 한다. 아마도 다른 여행사도 같은 생각이었을 거다.

"죄송합니다만, 저희도 어려울 것 같습니다."라고 말하려는 순간, '아내가 발리로 신혼여행을 꼭 가고 싶어 해요.'라고 했던 그의 말이 자꾸 머릿속에서 울렸다.

"네, 제가 해 드릴게요. 우선 몇 가지 현지로 확인만 하고 곧 연락을 드리겠습니다."

말해 버렸다. 그동안 여행사를 하면서도 한 번도 해 보

지 않았던 여행이었다. 너무 편한 여행만 했던 걸까? 이제 와서 거절을 할 수 없었다. 일단은 이동할 때 도와줄 사람과 차량 그리고 휠체어가 들어갈 수 있는 호텔만 있으면 될 것 같았다.

"안녕, 마데. 잘 지냈어요? 나 제니퍼인데 다음 주 일주일 정도 스케줄을 비울 수 있어요? 그리고 다른 가이드도 1명이 더 필요해요."

"안녕, 제니퍼. 원래 다음 주 일정이 있었는데 마침 오늘 캔슬되어서 할 수 있어요. 그리고 친구 와얀도 되는지 물어볼게요."

언제나 나의 든든한 가이드. 마데는 친구와 함께 일정 내내 그들의 든든한 발이 되어 주기로 했다. 그리고 마치 일부러 남겨 놓은 것처럼, 9인승 벤도 딱 1대가 남아 있다. 이동 문제는 이렇게 해결되었다.

이제는 숙소만 해결하면 된다. 누구나 아는 사실이지만, 발리 하면 풀 빌라다. 하지만 높은 문턱과 풀밭과 자갈이 깔린 풀 빌라는 그 커플에게 불편한 곳이었다. 다니기 편한 빌딩으로 된 호텔도 있지만, 그래도 허니문인데 풀 빌라는 아니더라도 리조트 정도는 소개해 주고 싶었다. 이왕이면 바다가 보이면 더 좋았다.

몇 년 전, 발리 출장 때 리조트 매니저가 보여 줬던 객실이 생각났다. 그때만 해도 '장애인 객실을 쓸 일이 있겠어?'라고 생각했는데, 오늘이 그날이었다. 나는 당장 해당 리조트로 전화했고, 정확히 딱 1개 남은 장애인 객실을 예약할 수 있었다.

'이 정도면 그 커플이 발리로 허니문을 떠나라는 신의 계시야!'

"안녕하세요? 현지에서 필요한 것들을 몇 가지 확인했는데요, 가능합니다. 이메일로 견적서 확인해 보시고 결정되면 두 분의 여권 사본을 보내 주시면 됩니다."

"정말요? 신부와 이야기하고 여권 사본 보내드리겠습니다."

풀 죽어 있었던 그의 목소리는 어느새 한껏 들떠 있었다. 몇 분 지나지 않아 여권 사본이 바로 도착했다.

사실은 생각했던 것보다 훨씬 많은 걸림돌이 있었다. 발리의 골목 골목을 이미 다 꿰고 있었지만, 그들의 일정을 만들면서 단 1m도 쉽게 나아갈 수 없었다. 스미냑의 맛집, 우붓의 정글 카페, 꾸따 골목에 있는 마사지 숍 등등 이 모든 것들이 다르게 다가왔다. 그들에게는 갈 수 있느냐가 선택의 기준이 되었다. 그렇게 며칠 밤을 새서

완성한 일정표. 숙제를 검사받는 마음으로 4박 6일 일정
표를 그들에게 보냈다.

"대표님, 일정 맘에 들어요. 저희는 그냥 발리만 가도
좋아요."

"마음에 든다니 다행이에요. 현지에서는 가이드 마데
가 안내할 거예요. 그리고 제가 여행 다녀오실 때까지 한
국에서 24시간 서포트할 테니까 혹시라도 불편한 점이
있으시면 언제든지 연락해 주세요."

발리 여행 D-DAY. 발리는 우기가 맞나 할 정도로 맑
았다. 날씨조차도 그 커플의 편이었다.

"대표님, 저희 발리에 잘 도착했어요. 잘 놀다 갈게요!"

신부의 목소리는 이미 하늘을 날고 있었다. 그렇게 그
커플의 여행은 순항하는 듯했다. 하지만 그 시간은 길지
않았다.

"대표님, 저희 지금 테라스에 나와 있는데 문이 잠겼어
요. 어떡하죠?"

발리의 바다를 보려고 테라스에 나왔던 커플은 문이
잠기는 바람에 테라스에 갇히고 말았다. 가만히 있어도
땀이 줄줄 흐르는 날씨에 나에게 연락하는 게 미안해서
30분 넘게 테라스에서 있었다고 했다. 나는 얼른 호텔 로

비로 전화해서 객실로 사람을 보내어 문을 열어 주었다.

"빨리 연락하지 그러셨어요. 정말 큰일 날 뻔했어요."

"이렇게 신경 많이 써 주셨는데, 최대한 연락을 안 드리려고 했어. 저희 남은 일정 진짜 잘 보내고 갈게요."

"저는 괜찮아요. 불편하고 필요한 것 있으시면 언제라도 꼭 연락 주세요! 두 분이 연락 안 주시면 제가 연락할게요. 아셨죠?"

다행히 트러블은 테라스 에피소드 정도였다. 그 커플은 무사히 발리 신혼여행을 잘 마쳤다. 그리고 나는 바로 다음 날에 몸살이 나고 말았다. 너무 긴장했던 탓일까? 6일 동안을 밤낮으로 밥 먹을 때도 심지어 화장실을 갈 때도 휴대폰을 손에서 놓지 않았다. 그래도 몸은 힘들었지만 마음은 그 어느 여행을 준비할 때보다 뿌듯했다. 그리고 그 커플에게 메시지를 보냈다.

"잘 도착하셨어요? 두 분 덕분에 더 많이 생각하고 더 많이 이해할 기회가 된 것 같아요. 발리도 더 열심히 공부했습니다. 정말 감사했습니다."

하와이에서
견인되기

한국에서 불법 주차를 하면 보통은 견인이 되기보다는 범칙금 고지서를 받는 일이 흔하다. 하지만 하와이에서는 이야기가 다르다. 하와이에서 렌터카를 빌렸다면 꼭 지정된 장소에 주차를 해야 한다.

특히 하와이는 관광객이 많다 보니 주차 단속 횟수도 잦고 심지어 벌금도 세다. 하지만 무엇보다 무서운 것은 눈 깜짝할 사이에 차량을 견인해 간다는 것이다. 해외에서 차량이 견인되면 여행 일정 꼬이는 불상사가 생기기에 조심해야 한다.

견인 에피소드 1

하와이에서 신혼여행을 보내고 있는 부부와 카카오톡으로 안부를 묻고 있었다.

"안녕하세요? 오늘도 잘 다니셨어요? 하나우마 베이 스노클링 어떠셨어요? 쿠알로아 목장 진짜 멋있죠? 저도 하와이에 있고 싶네요. 참! 차는 호텔에 주차하셨죠?"

"네, 오늘 재미있게 보냈어요. 그리고 제가 호텔보다 주차비가 저렴한 곳을 찾았어요. 호텔 옆에 주차장이 있는데 호텔은 25달러인데 거기는 6달러였어요. 완전 돈 굳었어요!"

주차비를 아꼈다는 그녀의 말에서 뿌듯함이 느껴졌다. 그런데 나는 왜 불안한 걸까?

"혹시, 거기 주차장 맞죠?"

"네, 맞아요. 그런데 주차 관리하시는 분이 없어서 일단 주차해 놓고 왔어요. 요금은 내일 차 뺄 때 정산하려고요."

'아, 느낌이 안 좋다.'

"혹시 모르니까. 지금 주차장에 가셔서 차량이 있는지 한 번 확인해 보세요."

10여 분 후.

"대표님, 차가 없어요. 그리고 이 종이만 있어요."

차가 있던 자리에는 차를 찾으러 오라는 종이만 덩그러니 남아 있었다.

"제가 빨리 알아볼게요. 잠시만 기다리세요."

일단 호텔 프런트로 전화를 했다. 호텔 직원은 자주 있는 일인 것처럼 능숙하게 견인된 차가 있는 곳을 알려주었다. 커플이 주차했던 호텔 옆 주차장은 거주자 전용 주차장이었던 거다.

'6 pm – 6am, resident only $6'

거주자만(Resident Only). 그 커플은 이 단어를 놓쳤다. 결국 그 커플은 택시비 45달러를 내고 공항 근처 차량 보관소에 가서 견인비 300달러를 지불하고 차를 찾아왔다. 6달러가 아닌 345달러를 내고 말이다.

견인 에피소드 2

"대표님, 차가 없어요. 하나우마 베이에 갔는데 만차라서 근처에 있는 주차장에 주차해 놓았거든요. 여기 주차장이 맞는데."

"주차장 사진 좀 찍어서 보내 주세요."

유료 주차장이 아니었다. 복잡한 와이키키 시내도 아니

고, 작은 전망대가 있는 한적한 시골길 옆의 주차장이었다.

'뭐가 문제지?'

주차장 주변 사진을 확대해서 보던 나는 아차 싶었다.

'8am – 5pm, max 20 mins parking only.'

이곳은 딱 20분만 주차할 수 있는 곳이었다. 문제는 하나우마 베이였다. 하나우마 베이는 주차장이 차면, 차를 가지고 들어갈 수 없다. 그래서 못 들어간 사람들이 근처에 있는 이 주차장에 주차해 놓는 바람에 20분으로 시간을 제한하고 있었던 것이었다. 좀 더 크게 써 놨으면 좋았을걸. 아무튼 호놀룰루 공항 근처 견인차 보관소까지 택시비 60달러와 견인비 200달러가 나왔다.

견인 에피소드 3

이번에도 차량이 견인되었다는 연락이 왔다. 무료 주차장도 맞고, 시간제한이 있는 것도 아니었다. 물론 거주자 전용 주차장도 아니었다. 그렇다면 이번에는 무엇이 문제였을까?

손님이 보내 준 사진을 자세히 살펴보니, 차가 있던 자리 인근 표지판에 이렇게 적혀 있었다.

'Military Only!'

장애인 전용 주차 구역처럼 하와이에는 군인만 주차할 수 있는 자리가 있다. 현지인이라도 군인이 아니면 절대 이곳에는 주차해선 안 된다. 그래도 견인차 보관소에서 가까운 곳이라서 택시비는 조금 덜 들었던 걸로 손님들을 위로했다.

견인 에피소드 4

한국 여행객들 사이에서 무료 주차장으로 입 소문난 와이키키 동물원 주차장. 그러나 알고 보면 인기 있는 견인 장소다. 이곳은 와이키키 시내와 가깝고, 동물원 입구에 있는 넓은 주차장은 늘 비어 있어서 차량을 빌린 사람들이 주차를 위해 눈독 들이기 쉬운 곳이다.

특히 동물원이 문을 닫는 5시 이후에는 호텔 주차비를 아끼려고 주차하는 사람들이 많다. 그러나 넓은 주차장을 자세히 살펴보면 손바닥만 한 주차 안내판이 있다. 그것도 구석에 있어서 비가 오거나 어두운 저녁에는 잘 보이지도 않는다.

"선불 주차권을 끊어서 대시보드 안쪽 유리 앞에 놓으세요. 안 그러면 견인됩니다."

친절하지만, 살벌한 안내가 있다. 혹시 선불권 시간을

넘기면 어떻게 될까? 견인이다. 딱 10분 넘겼는데 견인되었다는 사람들도 많다. 10명 중에 1명은 견인된다는 악명 높은 와이키키 동물원 주차장.

결국, 하와이로 여행가는 우리 손님들에게 안내문을 만들었다.

Tow Away Zone = 무조건 견인됨

Resident Only = 거주자가 아니면 견인됨

Military Only = 미군 아니면 견인됨

Paid Parking Only = 돈 안 내면 견인됨

출산도
연착이 되나요?

드디어 수술하는 날이다. 몇 번의 유도 분만을 실패하는 바람에 예정일이 많이 지났고 더는 기다릴 수는 없었다. 다른 무엇보다 여행사 일이 문제였다. 허니문 성수기에 자리를 비운다는 게 영 마음에 걸렸다. 직원들이 있었지만, 사건 사고는 내가 직접 해결해야 했다.

"선생님, 수술 날짜를 언제로 하면 될까요?"

"내일 하시죠."

서른여덟의 노산 산모에게 담당 의사는 단호했다. 그리고 시간이 지나 수술실로 들어가기 30분 전, 갑자기 휴대폰이 울렸다.

"대표님, 저 비행기 아직 출발하지 못했어요. 갑자기 5시간이나 연착이라는 데 확인 좀 부탁드려요."

'왜, 하필 이럴 때.'

수술실로 들어가기까지 시간 여유가 얼마 없었다. 옆 침대에 있는 임산부에게 피해가 갈까 봐 조심스럽게 링거 스탠드를 밀고 복도로 나왔다.

"안녕하세요? 오늘 타이항공 연착이 되어서요. 5시간 후에 도착할 거예요. 기사 픽업 시간도 변경해 주시고 오후 일정도 일단은 취소해 주세요."

수술 10분 전.

"지금 수술실로 올라갈게요."

"선생님 잠시만요, 잠시만 기다려 주세요."

수술복을 입고 복도에서 통화하는 나를 임산부들이 이상하게 쳐다보며 지나갔다. 현지로 연락해 두고 마지막으로 인천공항의 항공사 사무실로 전화해서 왜 연착하는지 그리고 언제 출발하는지를 확인하고 손님에게 전화를 했다.

"안녕하세요. 오전 8시 30분에 출발 예정이었던 항공편이 베이징에서 오는 연결편인데요. 중국 쪽에서 태풍 때문에 지연되었어요. 그래서 대체 항공이 대만에서 오는 데 시간이 좀 걸린다고 합니다. 13시 30분에는 출발한다고 하니 조금 기다리셔야 할 것 같아요. 현지는 일정은 제가 다 변경해 놓았습니다. 그리고 제가 한 2시간 정도 전화를 못 받을 거 같아요. 다른 사람이 받으면 그 사람에게 이야기 전달해 주세요.

차마 출산하러 들어간다고 말하기 어려웠다. 그렇게 조치를 해 놓고 수술실로 들어갔다. 수술대 위에 누워 있으니 그제야 출산의 두려움이 느껴졌다. 천천히 마취를 시작하자 갑자기 누군가 내 가슴 위에 앉아서 짓누르는 것 같았다.

"선생님 저 숨쉬기가 힘들어요. 숨이 안 쉬어져요."

갑작스러운 응급 상황에 수술실이 바빠졌다.

"지금 부분 마취가 안 돼서 전신 마취로 할게요. 약 들어갑니다. 다섯까지 세어 보세요."

"선생님, 저 괜찮겠죠. 5, 4, 3···."

그리고 얼마나 시간이 흘렀을까? 다행히도 4.3kg의 건강한 아니 건장한 아들을 출산했다.

"아기는 괜찮아요?"

마취가 덜 깨어 혼미한 정신으로 의사에게 아이의 안

부를 물었다. 그리고 겨우 힘을 내어 남편에게 물었다.

"아이는 괜찮아? 너무 힘들었어. 흑흑흑. 근데 혹시 전화 온 거 없었어?"

"어, 맞다. 전화 왔는데 1시간 있다가 출발이래."

물을 적신 거즈로 입술을 겨우 적시고 옆으로 돌아누워 휴대폰을 들었다.

"안녕하세요. 1시간 후 출발이라고 들었습니다. 현지로 픽업 시간을 다시 조정해 놓을게요. 대기하시느라 힘드셨을 텐데, 조심히 출발하시고 즐거운 여행되세요!"

힘든 내색을 하지 않으려고 또박또박 통화를 했다.

"대표님, 출산하셨다고 남편분께 들었어요. 몰랐어요. 죄송해요."

오히려 손님이 더 당황했다.

"아니에요. 저 괜찮아요. 잘 다녀오세요."

그제야 긴장이 풀렸는지 배가 당겨 왔다. 엄마와 여행사 사장의 경계에 있었던 날. 매년 아들의 생일이 되면 그 일이 떠오른다. 2012년 10월 30일 우리 아들 생일. 그리고 타이항공이 5시간이나 연착한 날.

죄송합니다,
비행기를 못 타겠어요

2018년 11월 19일. 나트랑에서 가이드북 취재 출장을 마치고 공항으로 가는 날이었다. 저녁 8시, 호텔에서 트렁크를 정리하던 중, 퍽 하는 소리와 함께 불이 나갔다.

'정전이다!'

20층에서 내려다본 나트랑 시내는 칠흑같이 어두워서 어디가 바다이고 어디가 육지인지 분간하기 어려웠다. 다행히 호텔은 비상 발전기로 다시 불이 들어왔지만, 시내는 여전히 어두웠다. 아직 비행기 시간까지는 여유가 많이 있었지만, 또다시 전기가 나갈까 봐 겁이 났다. 무엇보다 다시 정전이 되면 엘리베이터가 멈출 텐데, 20층에서 트렁크를 들고 계단으로 내려가는 건 도저히 불가능했다. 나는 얼른 방 안에 있는 남은 짐들을 대충 가방에 쑤셔 넣고 로비로 내려갔다. 여전히 호텔 밖은 깜깜했다.

"왜 정전이 된 건가요?"

프런트에 있던 직원에게 물었다.

"갑자기 내린 폭우에 호텔 옆에 있는 전압기가 폭발했어요. 고치는데 시간이 좀 걸릴 것 같아요."

정전. 사실 동남아에서는 놀라운 일도 아니다. 전압기가 아니더라도 섬이나 지방에서는 이런저런 이유로 전기가 자주 끊긴다. 그러나 오늘은 왠지 느낌이 안 좋았다. 온통 시내는 깜깜한데 비는 더 세차게 내리기 시작했다.

'비가 더 오기 전에 빨리 공항으로 가야겠어.'

나는 공항으로 가기로 했던 시간보다 일찍 출발했다. 택시는 곧장 시내를 벗어나 산길로 들어섰다. 나트랑 시내에서 공항으로 가는 길은 낮에는 풍경 좋은 멋진 드라이브 코스지만, 오늘같이 비가 많이 내리면, 산사태가 날 수도 있는 위험한 도로였다. 불빛 하나 없는 산길을 오토바이와 차들이 스치듯이 위태롭게 지나갔다.

두두둑, 두두두두둑.

창문을 때리는 빗방울 소리가 점점 더 커졌다. 1시간의 폭우를 뚫고 도착한 공항은 이른 출발을 하려는 승객들로 붐볐다. 공항에 일찍 온 덕분에 출국 수속을 빨리 마치고 탑승구 앞에서 앉아 있었다. 오늘따라 인천행 비행기는 만석이었다. 게이트 앞은 탑승 순서를 기다리는 승객들의 줄이 길게 늘어서 있었다. 나도 여권과 탑승권을 들고 줄 가운데서 순서를 기다렸다. 갑자기 창문에 무언가 부딪히는 소리가 났다.

'무슨 소리지?'

고개를 돌려 소리가 나는 창문을 봤다. 창밖에 나무가 세찬 바람에 나뭇가지로 창문을 때리는 소리였다. 그리고 활주로 옆의 야자수들은 휘어져 금방이라도 부러질 것 같았다.

'역시, 태풍인 건가?'

불길했다. 떨리는 손으로 애플리케이션을 열어 나트랑의 날씨를 확인했다. 태풍이다. 날개가 선명한 커다란 태풍이 나트랑 앞바다에 떡 하니 자리해 있었다. 나는 태풍이 무서운 게 아니었다. 내가 탈 비행기는 태풍을 지나갈 거고, 그럼 분명 비행기는 심하게 요동칠 거다. 터뷸런스, 나는 그게 무서웠다.

나는 공황 장애가 있다. 그중에서도 심한 비행 공포증이다. 2001년 6월, 방콕에서 오사카로 오던 비행기에서 아주 심한 터뷸런스를 겪었다. 머리 위 선반 속 짐들이 떨어지고 승무원이 서빙하던 기내식 카트가 쓰러졌다. 공중으로 붕 떴다가 떨어지는 그 느낌. '이대로 죽는구나.'라고 처음 죽음의 공포를 느꼈던 그 날을 잊을 수가 없다. 그 후로 지금까지 비행 공포증에 시달리고 있다. 갑자기 심장이 빠르게 뛰고 숨이 가빠졌다.

'아, 약을 먹어야겠어.'

미리 가방에 넣어 두었던 안정제를 찾아 물도 없이 급하게 삼켰다. 그래도 호흡이 나아지지 않았다. 점점 더 서 있기도 힘들어졌다. 그리고 내 탑승 차례가 왔다.

"탑승권과 여권을 보여 주시겠어요?"

"죄송해요. 저 탑승 못 할 거 같아요."

"네?"

항공사 직원은 잘못 들었나 싶어, 나에게 되물었다.

"제가 공황 장애가 있는데요. 지금 호흡 곤란이 왔어요. 지금 비행기를 타면 비상 상황이 생길 거예요."

내 말을 들은 베트남 승무원은 사색이 된 얼굴로 무전기로 어딘가에 연락을 했다. 잠시 후, 한국 승무원이 다가와서 나를 대기실 의자 맨 뒤편으로 데리고 갔다.

"무슨 일이세요? 어디가 불편하세요?"

"제가 공황 장애가 있어요. 지금 갑자기 많이 심해져서
요."라고 하고 주머니에 있던 남은 안정제를 보여 줬다.

"진짜 탑승이 어려우신가요?"

"네, 죄송합니다."

항공사 직원은 나에게 더 이상 묻지 않았다. 출발 10분
전, 나는 탑승구 끝 의자에서 멍한 눈으로 창문 밖만 응
시했다. 나는 탑승구 앞에서 탑승을 거절한다는 것이 얼
마나 심각한 일인지 누구보다 잘 알고 있었다. 비행기에
짐을 싣고 나서 탑승을 안 하면, 내 짐을 비행기에서 다
시 꺼내야 한다. 비행기는 출발이 지연될 거고, 나는 테러
리스트로 의심받을 수도 있었다.

"인천행 대한항공 KE888편이 30분 출발 지연되었습니
다. 곧 탑승이 재개될 예정이니 잠시만 기다려 주십시오."

나 때문이다. 창밖으로 비행기 수하물 칸에서 내 짐을
내리는 것이 보였다.

"마연희 님. 짐 맞으시지요? 확인 부탁드립니다. 그리
고 여기서 잠시만 기다려 주세요."

한국 승무원이 내 트렁크를 가져다주었고, 드디어 인

천행 대한항공 비행기는 출발했다. 나는 텅 빈 탑승구 앞에서 한참을 앉아 있었다. 얼마나 지났을까?

"미스 마, 따라오세요."

베트남 이민국 직원이 나를 불렀다. 이 상황을 예상했지만, 갑자기 겁이 났다. 계단을 오르고 좁은 복도를 지나 도착한 곳은 공항 어디쯤의 작은 사무실이었다.

"왜 비행기를 타지 않았나요? 베트남에는 무슨 일로 왔나요? 한국에서 직업은 뭔가요?"

그들은 끊임없이 질문을 했다. 그리고 나는 왜 비행기를 타지 않았는지 여러 번을 계속해서 설명해야 했다.

"가방을 열어 보세요."

나는 시키는 대로 트렁크와 들고 있던 가방을 열었고 그들은 뭔가를 찾는 듯 구석구석 뒤지기 시작했다. 당연히 그들이 찾는 뭔가는 없었다.

"미안합니다. 제가 심각한 공황 장애가 있어서요."

나는 가방에 있던 공황 장애 약 봉투를 꺼내서 보여 주었다. 옆에 있던 대한항공 지점장님께서 이민국 직원에게 뭐라고 이야기해 주시는 것 같았다. 그 덕분인지 나는 곧 풀려날 수 있었다.

"이제 가셔도 됩니다."

새벽 4시, 아무도 없는 나트랑 공항 출국장 앞에 덩그러니 남겨졌다. 멍하니 공항 의자에 앉아 있는데, 퇴근하시던 대한항공 지점장님께서 다가오셨다.

"다음 비행기는 내일 새벽이라서 하루를 기다려야 하는데 시내로 가시면 태워 드릴게요."

갑자기 울컥 눈물이 쏟아졌다.

"아까 도와주셔서 감사해요. 저는 친구가 이따가 데리러 오기로 했어요. 감사합니다."

그분에게 더 이상 폐를 끼치기 싫었다. 지점장님을 떠나보내고 급히 트렁크를 끌고 공항 밖으로 나왔다. 아직 밖은 여전히 어둡고 세차게 비가 내리고 있었다. 베트남에서 여자 혼자 그것도 새벽에 택시를 타는 건 정말 위험한 일이었다. 그렇다고 이렇게 계속 공항에서 하루를 기다릴 수도 없었다.

'일단 시내로 가야겠어.'

나는 공항 앞에서 대기 중인 택시 기사들 중에, 제일 선해 보이는 기사의 택시를 탔다.

"나트랑 다운타운 이비스 호텔, 플리즈"

"80만 동, 오케이?"

'무슨 80만 동이야. 50만 동이면 충분한데.'

택시 기사는 첫인상과 다르게 택시 요금을 많이 불렀지만, 선택의 여지가 없었다.

택시가 공항을 벗어나자, 비는 더 거세게 쏟아졌다. 차는 마치 기계 세차장 속에 있는 것처럼 한 치 앞을 볼 수 없었다. 도로 옆 공사장에서 흘러나온 돌들이 도로를 덮어서 비포장도로와 다름없었다. 택시는 에어컨도 나오지 않았다. 후덥지근한데 축축하고 정말 최악이었다. '그래도 잘 가주기만 하면.'이라고 생각을 할 즈음, 택시가 천천히 속도를 줄였다.

"마담, 비가 너무 와서 도로가 잠기고 있어. 차가 더 이상 갈 수 없어. 차를 세워야 해!"

그의 말에 나는 창문을 열었다. 빗물이 이미 차 바퀴를 삼키고 손잡이 근처까지 차오르고 있었다.

"절대로 멈추면 안 돼요!"

이럴 때 차가 멈춰서 시동이 꺼지면, 배기구에 물이 들어가서 다시 출발할 수 없다는 걸 들은 적이 있었다. 재빨리 공항에서 제일 가까운 호텔을 생각해 냈다.

"아남 리조트 알죠? 거기로 가 주세요."

제발 1km만 가면 된다. 차는 이상한 굉음을 내며 물길을 헤치고 호텔로 향했다. 호텔 로비에 택시가 도착하자,

프런트에 있던 호텔 직원이 황급히 뛰어나왔다. 나는 정신없이 짐을 내렸고, 택시는 다시 폭우 속으로 사라졌다.

"예약하셨나요?"

"아니요. 비가 와서 급하게 왔어요. 방 1개만 부탁해요. 오늘 밤 비행기라서 그때까지만 있을 거예요."

여권을 확인한 직원은 "며칠 전 숙박하셨는데 다시 오셨네요. 그런데 체크인 시간은 오후 3시 이후예요."라고 말했다. 이제 겨우 새벽 6시였다.

"그럼 체크인 시간까지 여기 로비에서 좀 기다려도 될까요? 사실 오늘…."

나는 오늘, 아니 어젯밤 공항에서 있었던 일을 호텔 직원에게 털어놓았다.

"힘드셨겠네요. 그러면 우선 빈 객실을 드릴 테니 거기서 쉬시고 이따가 다른 객실로 체크인하세요."

어떻게 이 호텔을 좋아하지 않을 수 있을까. 나는 안내를 받은 방으로 들어갔다. 여전히 전기가 들어오지 않았다. 겨우 푸르스름한 빛만 들어오는 방에 돌아와서 한국에서 기다리고 있을 남편에게 전화를 했다.

"여보세요?"

남편 목소리에, 참았던 울음이 터져버렸다.

"잘했어. 호텔에서 쉬다가 이따 공항 가서 비행기 잘 타고 와. 긴장하지 말고, 사랑해."

한바탕 울고 나니, 창밖으로 해가 비쳤다. 드디어 비가 그친 거다.

꼬르륵. 그러고 보니 어제저녁부터 아무것도 먹지 못했다. 갑자기 허기가 밀려왔다. 조식 식당은 어젯밤에 무슨 일이 있었냐는 듯이 평화로웠다. 간단하게 아침을 먹고 방으로 가는 길에 마침 교대 근무를 마치던 호텔 직원이 나에게 말을 건넸다.

"새벽에 시내로 들어갔으면 큰일 날 뻔했어요. 시내로 들어가는 산길이 산사태가 나서 길이 무너지고 사람들이 죽었어요."

객실로 돌아와 TV를 켜니 어젯밤에 있었던 사고가 뉴스로 나오고 있었다.

"나트랑에 태풍 '도라지'가 상륙해 13명이 사망하고, 4명이 실종되었습니다. 태풍이 몰고 온 집중 호우가 마을에 쏟아지면서 산사태가 벌어졌습니다."

'그냥 그때 시내로 들어갔으면 어떻게 되었을까.'

생각만 해도 아찔했다. 지난밤의 일이 영화처럼 머릿속에 펼쳐졌다. 짧은 반나절의 휴식을 보내고 다시 나트랑 공항으로 향했다. 대한항공 수속 카운터에서 반가운 얼굴이 보였다. 지점장님이셨다.

"오늘은 가시는 거 맞죠?"

"네, 오늘은 가야죠. 아들이 기다려서요."

지점장님은 의미심장한 미소를 지으며 티켓을 건네주었다. 나는 그 전날 일에 대해 여러 번 감사 인사를 하고 돌아서서 미리 안정제를 먹었다.

'오늘은 꼭 가야 해.'

태풍 도라지는 나트랑을 지나갔고, 그날 비행기는 순항했다. 나는 그렇게 이틀 만에 한국으로 돌아올 수 있었다. 그리고 2020년 2월. 잊지 못할 나의 출장을 함께한 나트랑 가이드북이 출간되었다.

그런데 태풍 도라지보다 더 무서운 코로나도 함께 와 버렸다.

"어휴…"

병원비도
할인이 되나요?

출장을 같이 온 언니가 아프다. 저녁도 먹는 둥 마는 둥 하고 일찍 잔다고 누운 언니의 이마가 불덩이다.

"낮부터 속이 좀 안 좋았는데, 저녁부터 머리가 많이 아프네. 토할 것 같아."

나는 급한 대로 한국에서 가져온 해열제와 비상약을 언니에게 주었다.

'안 되겠네, 열이 40도야.'

해열제를 먹었는데도 열은 좀처럼 내리지 않았다.

"프런트죠? 여기 응급실 있는 병원이 어디죠? 그리고

택시 좀 불러 주시겠어요?"

나는 서둘러 택시를 타고 호텔에서 알려 준 병원으로 갔다. 병원은 생각보다 규모가 컸다. 코사무이에서 유일한 종합 병원이라고 했다.

"응급실이 어딘가요?"

응급실 침대에 언니를 눕히고 나니 태국인 의사와 간호사가 왔다.

"증상이 어떤가요?"

"계속 토하고, 열나고 '설사하다.' 단어가 뭐였지?"

'아, 다이어리아(Diarrhea)'

"다이어리아를 많이 해요."

급하니까 단어도 생각이 안 났다. 겨우 휴대폰을 뒤져서 단어를 찾아 띄엄띄엄 설명했다.

"일단은 수액을 맞으면서 혈액 검사, 바이러스 검사 등을 해야 합니다. 그러려면 입원을 먼저 하세요."

"약만 처방해 주시면 안 될까요?"

"진단이 나오지 않으면 처방이 어렵습니다. 검사를 먼저 받으셔야 합니다."

"그럼 검사 결과 나오는 데 얼마나 걸릴까요?"

우리는 3일 후에 푸껫으로 이동해야 했다.

"검사 결과는 하루 정도 걸립니다. 결과를 보고 약을 처방해 드릴게요."

혈액 검사, 바이러스 검사, 엑스레이까지 하는데 1박 2일 걸린다니. 한국 같으면 반나절도 안 걸릴 일이었다. 나는 일단 언니를 응급실 침대에 눕혀 두고 입원 수속을 했다. 병원은 외국인이 많아서인지 영어 안내문도 있고 필요할 땐 통역사도 불러 준다고 했다. 입원 수속을 하고 응급실로 돌아오니, 그 사이 응급실 옆 침대에 새로운 환자가 왔다. 그 환자는 손가락에 붕대를 감고 있었다. 딱 봐도 여행 온 외국인 같았다.

"어디서 오셨어요?"

"나는 프랑스에서 왔어요."

"어디가 아파서 병원에 왔어요?"

"스콜피온!"

"전갈? 어떻게?"

"정글 트래킹 갔다가 전갈에 물렸어요. 하하하."

그 독일인 아저씨는 이런 일이 처음은 아닌 것 같았다. 그리고는 치료를 받고 유유히 응급실을 나갔다.

"병실로 올라가세요."

마침 언니의 병실이 준비되었다.

"대박! 여기 호텔 아니지?"

세상에 이런 병실은 처음이었다. 10명도 더 들어갈 것 같은 광활한 병실에 침대는 딸랑 1개였다. 창문이 크고 햇살이 잘 들어오는 병실은 고급스러운 인테리어에 태국 느낌이 나는 그림도 걸려 있었다. 그리고 화장실에는 치약, 칫솔, 비누, 샴푸 등의 어메니티와 수건까지 준비되어 있었다.

"언니, 병실 진짜 대박이다. 근데 혹시 우리가 외국인이어서 일부러 제일 비싼 1인실을 준 거 아니야?"

"그런 거 같아. 얼른 바꿔 달라고 해 봐."

병원비가 걱정되었던 언니와 나는 간호사에게 다인실로 바꿔 달라고 했다.

"여기 병원은 모른 룸이 원 베드 룸입니다."

"진짜요?"

간호사는 이 병원의 병실이 모두 1인실이라고 했다. 언니는 아픈 것도 잠시 잊고 병실에 감탄하고 있는데, 누가 노크를 했다.

똑 똑 똑.

'누가 또 오나?'

간호사가 침대를 가지고 왔다. 간호사는 나에게 여기

서 자면 된다고 했다. 한국 병실에 있던 보호자 간이침대와는 비교가 안 되는 수준이었다. 그날 밤, 덕분에 나는 아픈 언니보다 더 편하게 잠들었다.

다음 날 아침 7시.

"다행히 열은 내렸군요. 토하고 설사하는 이유에 대해 바이러스 검사를 했는데 오후쯤 결과가 나올 겁니다. 그때 다시 보죠."

'무슨 결과가 그렇게 오래 걸려.'

꼬르륵.

갑자기 허기가 밀려온다. 마침 간호사가 뭔가를 가져다주었다.

"아침 식사 메뉴입니다. 여기서 선택해서 알려 주시면 병실로 가져다 드릴게요."

병원에 메뉴판이 있다니. 잠시 후 내가 선택한 아침 식사가 나왔다. 금식하는 언니에게 미안했지만, 호텔 룸 서비스를 시켜 먹는 기분으로 맛있게 잘 먹었다.

오후 4시. 드디어 검사 결과가 나왔다. 다행히 혈액 검사 결과는 이상이 없었다.

'다행이다.'

그런데 오늘은 일요일이라서 퇴원 수속이 되지 않아

월요일에 퇴원을 하라고 했다. 그리고 아직 언니의 컨디션도 다 돌아오지 않았고, 병원도 지내기 괜찮아서 그러기로 했다. 금식이 풀린 언니와 나는 그날 저녁과 다음 날 아침까지 병원의 메뉴판을 분석하고 있었다.

"저녁은 뭘 먹지? 뭐가 맛있어?"

"다 괜찮아. 점심이랑 메뉴가 다르네. 여기 병원이 맛집이었네!"

우리는 여기가 병원이라는 걸 잊을 만큼 맛있게 먹고 또 먹었다.

입원 3일째. 드디어 퇴원하는 날이다. 언니도 이제는 기운도 차리고 토하거나 설사하는 증상도 없어졌다.

"퇴원 수속하고 올게요."

병원 데스크에서 정산서를 받아 든 나는 깜짝 놀랐다.

"뭐? 98,500바트?"

98,500바트면 당시 한화로 약 345만 원 정도 되는 큰돈이었다.

"까오믄 뺏판 하러이 바트?"

나는 잘못 봤나 싶어서 짧은 태국어로 다시 물었다.

'2박 3일 입원했는데, 345만 원이라고?'

일단은 이 사실을 언니에게 전해야 했다.

"언니, 병원비가 345만 원 정도 나왔는데, 혹시 여행자 보험을 들어 놓은 거 있어요?"

"아니 없는데. 아, 맞다! 환전하면서 은행에서 들어 준 거 있다. 보험 회사에 전화해서 물어볼게."

보험 회사와 통화하는 언니의 얼굴이 어두워졌다.

"여행자 보험은 200만 원까지만 커버된 데. 어떡하지?"

"보험은 제대로 된 거 들고 와야지, 공짜로 들어준다고 그것만 해 놓으면 어떡해! 내가 잘 말해 볼게요."

속상한 마음에 언니에게 잔소리를 하고 병실을 나왔다.

'왠지 병실이 좋더라. 1인실에 막 메뉴판도 주고. 다 이유가 있었어.'

나는 병원 수납 창구에 가서 또박또박 천천히 말했다.

"우리가 지금 돈이 없어요. 여행자 보험도 200만 원까지만 보장되어서 그런데 혹시 병원비를 좀 깎아 주시면 안될까요?"

살면서 한 번도 병원비를 깎아 본 적이 없었다. 아니 한국에서 병원비는 깎는 게 아니었다. 그렇지만 2박 3일에 비해 너무 큰 돈이 나왔고 여행자 보험으로도 다 커버가 안 되었다. 그런데 이상한 일이 일어났다.

"그래요? 그럼 얼마나요?"

'병원비도 깎아 주나 봐?'

"200만 원에 안 될까요?"

깎아 준다는 말에 얼른 대답했다.

"그렇게는 안 됩니다."

"그럼, 250만 원?"

"안됩니다. 300만 원까지는 해 드릴 수 있어요."

"그럼, 그렇게 할게요. 감사합니다. 그리고 진단서와 진료비 영수증도 부탁드려요."

'외국에서는 병원비도 할인이 되는구나!'

나는 그렇게 병원비를 깎을 수 있었고, 언니는 한국에 돌아와서 보험 처리를 해서 100만 원만 부담하면 되었다.

"언니, 이만해서 다행이에요. 그리고 앞으로는 해외로 나갈 때는 꼭 여행자 보험은 제대로 된 거 들고 나가요. 알았죠?"

"너 아니면 어떻게 됐을지, 생각만 해도 끔찍하다 얘. 고마워."

이후, 여행 갈 때마다 여행자 보험은 필요 없다고 했던 언니는 그 사건 이후로 해외로 나갈 때는 여행자 보험은 꼭 들고 간다. 물론 보장이 넉넉한 거로.

저는 사실
공황 장애가 있어요

딩동.

"안녕하세요? 오늘 2시에 미팅 예약했습니다."

"반갑습니다. 어서 오세요."

건장하고 키가 상당히 큰 남자 손님이었다.

"오늘은 발리 여행의 세부 일정을 말씀드리려 합니다. 혹시, 먼저 필요한 것들이 있을까요?"

"저, 사실"

그가 말꼬리를 흐린다.

"네, 말씀하세요."

"제가 비행기 타는 걸 좀 안 좋아해요. 어쩔 수 없어서 타긴 하는데, 자리가 좀 넓었으면 합니다. 그래서 비즈니스석으로 했으면 좋겠어요. 그리고 좌석도 가능한 한 앞쪽으로 해 주시고요. 또 가능한 한 제가 타는 비행기 기종도 알 수 있을까요? 제가 좀 까다롭죠?"

"아니에요. 잠시만요 확인해 볼게요. 이날 출발하는 '인천-발리' 비행기는 에어버스 330-300으로 비즈니스 좌석은 2-2-2 배열입니다. 제가 창가 쪽으로 두 분 좌석 미리 지정해 드렸는데, 통로 쪽으로 변경해 드릴까요?"

"네, 통로 쪽으로 바꿔 주세요. 그리고 제가 창가를 별로 안 좋아해서요. 또 혹시 발리까지 가는데 비행은 좀 괜찮을까요?"

보통 사람이었으면 못 알아들었을 수도 있었을 거다. 그러나 나는 단번에 알 수 있었다.

'이분도 나와 같은 불편함이 있구나.'

나도 그랬다. 해외여행 길은 제일 행복하지만, 비행기를 타는 일은 세상에서 제일 괴로운 일 중에 하나다.

"저 혹시 비행기 타시면 조금 불편하세요?"

조심스럽게 물었다.

"네? 조금요."

"손에서 땀이 나고 주무시기도 힘들고 불편하고 불안하세요?"

"네, 맞아요. 대표님이 어떻게 아세요?"

"저도 그래요. 원래는 안 그랬는데, 예전에 비행기에서 터뷸런스를 한 번 경험한 뒤로 비행 공포증이 생겼어요."

"대표님도 비행 공포증이 있으세요? 비행기 많이 타시는 대표님은 없을 줄 알았어요."

"원래 더 많이 타는 사람들이 비행 공포증이 많이 생겨요. 저희는 직업병이라고 해요. 고소 공포증하고는 조금 다른데 에어로포비아(aerophobia)라고 해요. 많이 힘드시면 여행을 가시기 전에 병원 가셔서 약을 처방받고 출발하시기 전에 드시면 좀 도움이 될 거예요."

"다른 사람들은 이해를 못 해요. 다들 신나서 비행기 타는데 저만 힘들어하니까 그런 모습 보여주기도 좀 그래요. 그래도 대표님이 이해해 주시니 너무 감사해요."

"요즘에는 여행을 많이 다녀도 비행 공포증이 있으신 분들 많아요. 그냥 두시면 더 심해질 수 있으니 꼭 병원에서 도움을 받아 보세요. 그러시면 여행가는 길이 더 좋아지실 거예요."

그와 나는 마치 해외에 어느 오지 마을에서 한국 사람

을 만난 것처럼 반갑게 얼마나 떠들었는지 모른다.

"그럼, 일정은 이대로 준비하겠습니다. 그리고 비행기 좌석도 제가 꼭 체크해 둘게요."

"네, 잘 다녀올게요."

미팅을 마치고 돌아가는 그의 뒷모습이 어딘가 모르게 짠하게 느껴졌다.

'말도 못 하고 그동안 얼마나 힘들었을까?'

공황 장애가 있는 사람 중의 대부분은 비행기를 타는 걸 포기한다. 죽을 만큼의 공포를 견디기보다 차라리 여행을 포기하는 게 나을 정도니까. 나도 오랫동안 비행 공포증으로 고생을 하면서도 손님들에게는 한 번도 내색하지 않았다. 여행사 사장이 비행 공포증이 있다는 게 창피하고 부끄러웠다. 왠지 여행사 사장은 비행기도 잘 타고, 아무거나 잘 먹고 오지도 잘 다녀야 할 것 같은 기대감이 있다. 그렇지만 오늘부터 말하기로 했다. 뭐 그리 큰 비밀은 아니니까.

손님,
(유료) 서비스입니다

가족과 외식을 하고 나오는데 계산이 좀 이상했다. 분명 콜라를 시켰는데 계산서에서 빠져 있었다.

"저, 콜라가 빠졌는데요?"

"네, 콜라 서비스입니다."

'아, 서비스!'

그렇다. 한국에서는 서비스를 공짜라고 한다. 그런데, 해외여행을 가면 이 서비스가 그 서비스가 아니다. 몇 년전 어느 신혼여행 커플도 그랬다. 하와이의 고급 호텔에서 허니문을 보내고 체크아웃을 하는 날인데, 신부가 다

급한 목소리로 전화를 했다. "대표님, 저 지금 체크아웃을 하는데 문제가 생겼어요. 호텔에서 계산서가 나왔는데 지금 돈을 내라고 해요. 무슨 비용으로 150달러가 나왔다고 하는데 어떡해요?"

"네, 제가 한번 볼게요."

Laundry Service charge $150.

"혹시 세탁 맡긴 거 있으세요?"

"방 안에 안내문 보니까 '세탁 서비스'라고 쓰여 있어서 가지고 있던 세탁물을 다 맡겼어요. 서비스 아니에요?"

"네, 서비스 맞아요. 유료 서비스."

신부는 세탁이 서비스, 아니 공짜라고 생각하고 트렁크에 있던 빨래를 다 맡겼다고 했다. 집에 가서 빨래를 안 해도 된다는 생각에 기쁜 마음으로, 그것도 양말까지 몽땅 다. 나는 호텔에 상황을 설명했지만, 결국 커플은 150달러에 비싼 경험비를 치러야 했다. 대신 호텔에는 객실에 비치된 한국어 안내문에 '세탁 서비스(유료)'라고 적어 놓도록 당부도 했다.

나도 그랬다. 남편과 간 하와이 여행. 한번은 분위기 좋은 식당에서 근사하게 저녁 먹자고 고급 이탈리안 레스토랑을 예약했었다. 예쁜 원피스도 입고 남편은 셔츠에 구두까지 차려입었다. 예약한 시간에 맞춰 레스토랑에 도착했고, 직원은 우리를 예약된 자리로 안내했다. 자리에 앉자마자 직원이 메뉴판을 가져다주었다. 늘 그렇지만 이탈리안 레스토랑 메뉴판은 집중해서 읽게 된다. 뭘 먹을까 열심히 고민 중인 나에게 "마담, 미네랄 워터를 드릴까요? 아니면 스파클링 워터로 드릴까요?"라고 레스토랑 직원이 물었다.

"스파클링 워터로 부탁해요."

레스토랑 직원이 가져온 것은 한국에서도 꽤 가격이 나가는 고급 탄산수였다.

'역시 고급 레스토랑은 달라!'

남편은 와인을 마시고 평소에 탄산수를 좋아했던 나는 계속 '원 모어 플리즈!'라고 외쳤다. 분위기 좋게 식사를 마치고 레스토랑 직원이 계산서를 가져왔다. 그런데 뭔가 이상했다.

탄산수 1병 $25 x 3 = $75

"여보, 여기 물도 돈 받아? 탄산수도 다 돈을 받는 거였어?"

"그럼, 당연히 돈 받지. 몰랐어? 당신이 잘 마시길래 그냥 있었지."

"미리 말해 주지! 나는 그냥 준다고 하길래 공짜인 줄 알았잖아. 그럴 줄 알았으면 딴 거 마실 걸 그랬잖아."

나는 알고 있으면서도 말을 안 해 준 남편에게 화가 났고 아까운 물값 대신 고기라도 한 점 더 먹을 걸 그랬다며 남편에게 화풀이를 했다. 그렇게 근사한 곳에서 보내기로 했던 우리의 저녁 식사는 탄산수 때문에 말다툼으로 끝났다.

나의 비싼 경험들과 하와이의 커플 손님의 이야기가 누군가에게 도움이 되길 바라며 여기에 적는다.

"한국에서는 물을 그냥 주지만 해외에서는 물도 돈 받아요. 룸 안에 세탁 서비스도 다 유료입니다. 비행기를 타는 순간 공짜 서비스는 잊으세요. 외국에서 서비스는 다 유료입니다."

부캐로
여행 작가도 하고 있어요

처음부터 여행 작가를 꿈꾸던 건 아니었다. 2005년 처음으로 갔던 싱가포르 여행 이후로 무엇에 홀렸는지, 사계절 내내 여권에 싱가포르 도장만 가득했다. 그렇게 싱가포르 덕후였던 나에게 가이드북 제안이 들어왔다.

'그래, 가이드북? 그 정도는 식은 죽 먹기지.'

1년에도 몇 번을 싱가포르를 들락날락했던 나에게 이미 머릿속에 지도가 쫙 펼쳐져 있었다.

'자, 그럼 슬슬 취재 리스트를 짜 볼까?'

하지 레인의 로컬들만 오는 루프톱 바도, 바닐라 커피

가 유독 맛있었던 뎀시힐 카페도, 나만 알고 있던 곳들을 독자들에게 알려줄 생각을 하니 신이 났다. 그동안 다녔던 맛집과 핫 플레이스를 리스트로 만들고 취재 요청 이메일을 보냈다.

"안녕하세요? 저는 대한민국의 가이드북 작가 마연희라고 합니다. 이번에 싱가포르 가이드북을 집필하게 되어 책에 소개하고 싶어서 연락을 드립니다. 취재일은 5월 25일 1시에 약 30분 정도 소요될 예정입니다."

'이렇게 하면 되겠지? 쉬운데?'

며칠 후.

"저희 식당에 관심을 주셔서 감사합니다. 다만, 영업시간에는 다른 손님들도 있고 일이 바빠서 취재는 힘들 것 같습니다."

거절당했다. 그것도 단번에.

'아니, 책에 소개해 준다는데 왜 비협조적인 거야?'

그때 당시에는 '감사합니다'하고 냉큼 해 준다고 할 줄 알았다. 하지만 이미 줄 서서 먹는 유명한 맛집이라 굳이 내 책의 소개 따윈 필요가 없었던 것이었다. 마음 같아서는 리스트에서 빼고 싶었지만, 진짜 꼭 알려주고 싶은 맛집이라 어쩔 수 없었다. 한 걸음 물러서서 일단 전화를 했다.

"안녕하세요. 저는 얼마 전에 이메일을 보냈던 마연희 작가입니다. 이전에 식당에 다녀온 적이 있습니다. 그때 너무 맛있게 먹었던 기억이 있어서 한국의 여행자들에게 꼭 소개하고 싶습니다. 취재 시간은 최대한 짧게 해서 방해되지 않도록 하겠습니다."

"그렇다면 10분 정도 시간을 낼 수 있습니다. 오기 전에 다시 연락해 주세요."

내 돈 쓰고 가는 여행과 취재는 완전히 다른 세상이었다. 책에 들어갈 스폿 리스트를 뽑고 취재 스케줄을 잡는 사전 준비만 두 달이 걸렸다. 한 달이 넘게 걸리는 취재를 위해 하던 아르바이트도 다 그만둬야 했다.

'비행기표가 64만 원에 숙박비까지 하면 다 이게 다 얼마야. 식당 밥값에 교통비, 입장권까지 하면 수백만 원이 들겠는데. 어쩌지?'

취재 리스트에는 한 끼에 10만 원이 훌쩍 넘는 고급 레스토랑도 있었다. 전망 좋은 루프톱 바에서 칵테일도 마셔봐야 했다. 주롱새 공원에 유니버설 스튜디오까지 입장권 비용도 만만치 않았다. 몰랐다, 어마어마한 이 취재 비용은 오롯이 다 작가의 몫이었다는 것을.

'일단 투자하는 거야, 나중에 인세로 받으면 되지.'

적금을 깨고 행복 회로를 돌리며 스스로를 위로했다. 여행 작가는 EBS 〈세계테마기행〉에 나오는 것처럼 경치 좋은 곳에서 여유롭게 식사하는 그런 걸로 생각하면 오산이다. 길을 가다 우연히 만난 현지인이 추천해 주는 맛집에 가서 맛있게 먹는 그런 꿈같은 일은 절대 없다. 다 사전에 약속하고 찾아가서 외부, 내부, 메뉴판을 찍고 음식이 나오면 빛 좋은 테이블을 찾아서 이 각도 저 각도 맞춰서 사진을 찍어야 한다. 바쁜 사장님을 붙잡고 식당의 역사도 물어보고 나서야 몇 젓가락을 먹고 또 다른 식당으로 향한다. 하루에 다섯 끼는 기본이고, 10km는 족히 걸어야 한다. 거기에 DSLR 카메라에 대포만 한 렌즈, 노트북, 외장하드, 배터리, 충전기까지 10kg가 넘는 가방을 들어야 한다. 추가로 물가가 비싼 싱가포르에서 택시 대신에 대중교통을 타고 약속 시간에 맞추려 뛰고 또 달려야 했다.

'내가 미쳤지, 다시는 책 쓰나 봐라.'

하루에도 수십 번 속으로 후회했다. 나의 싱가포르 여행은, 여유롭게 일어나서 에프터눈 티를 먹고 전망이 좋은 만다린 호텔 수영장에서 수영하다가 저녁이면 클락 키에서 야경을 보며 칠리 크랩을 먹는 그런 여행이었는데 이건 완전 노동이었다. 녹초가 되어 숙소에 들어와도 혹여나 사진이 없어질까 봐, 그날 찍은 사진은 확인하고 정리하고 나면 새벽이었다.

그래도 싱가포르에 있을 땐 행복했던 거였지. 한국에 돌아온 순간부터 원고와의 씨름이었다. 아니 노트북과의 씨름인가. 낮에도 쓰고 밤새고 쓰고 일어나서 또 쓰고. 쓰고 지우고 고치고 다시 쓰고.

"작가님, 이거 진짜 마지막 교본이에요. 수정할 내용 체크해 주세요."

끝없는 수정과 교정의 시간을 거쳐서 드디어 내 손에 실물의 책이 주어졌다. 나의 첫 번째 책. 싱가포르 가이드북. 비록 소설도 에세이도 아니지만, 그렇게 여행 작가가 되었다.

그런데 '다신, 책 쓰나 봐라.'라고 했던 마음은 어디로 간 건지. 마치 엄마들이 첫째를 낳고 '둘째는 없어!'라고 했다가 아이의 재롱에 잊어버리는 그 마음이 이런 건가? 푸껫은 책으로 남겨야 해. 다낭만 하면 다신 안 할 거야. 이번 나트랑이 진짜 마지막이야. 하면서도 지금 여섯 번째 책을 기다리고 있다.

여행 작가의 가방에는
뭐가 있을까?

　내 여행 가방에 뭐가 들어있는지 궁금해 하는 사람이 많다. 옷 몇 벌과 로션 하나 빗, 세면도구 그리고 여벌의 속옷. 특별한 건 없는데. 그래도 짐 쌀 때 가방에 제일 먼저 넣는 것들이 있다. 손잡이가 다 떨어진 폴라로이드 카메라와 필름. 그리고 홍삼 사탕 한 봉지.

　수 없이 여행을 다니고 수많은 사람들을 만났지만 기억 속에서 잊히는 게 싫었다. 시간이 지나서 이름은 잊혀도 그 얼굴과 모습은 기억하고 싶었다. 그래서 시작한 습관이었다.

여행에서 만나는 사람들과 헤어질 때는 꼭 사진을 찍어서 1장은 선물하고 1장은 간직한다. 그리고 여행에서 돌아오면 책상 옆 벽면에 차곡차곡 붙여 놓는다. 화질 좋은 디지털카메라도 있지만, 그 사진은 결국 노트북 속에 잠들고 만다.

베트남의 어느 시골에서 만난 꼬마들. 폴라로이드 카메라로 사진을 찍어서 나눠주면 나는 금세 동네 스타가 되곤 했다. 공항에서 제일 먼저 만난 택시 기사 아저씨. 깊이 패인 주름이 인상적인 노포 주인장. 환한 웃음으로 꽃을 팔던 길 위의 소년. 고개를 돌리면 언제라도 그들이 있었다.

조식은
꼭 먹어야 해!

"저 여기 코사무이에 있는 정○○인데요. 이게 도대체 뭡니까?"

갑자기 새벽에 자다가 전화를 받으니 목소리가 나오지 않았다.

"네, 말씀하세요. 혹시 성함이 어떻게 되세요?"

"못 들으셨어요? 저 코사무이에 신혼여행을 온 정○○ 커플이라고요!"

그의 목소리에는 이미 화가 잔뜩 나 있었다.

"아, 안녕하세요? 혹시 무슨 일 있으세요?"

"오늘 저희 다이빙 투어가 있는 거 아시죠?"

"네, 알고 있습니다. 혹시 픽업 차량이 안 왔나요?"

나는 급히 옆에 있던 시계를 봤다. 새벽 6시다.

"아니요, 투어 차량은 6시 반입니다. 그런데 투어 전에 조식 먹으러 갔는데 조식이 7시부터랍니다. 저희보고 지금 아침도 안 먹고 다이빙을 하러 가라는 겁니까?"

아, 그때서야 정신이 번쩍 들었다.

"우선 불편하게 해 드려서 죄송합니다. 호텔에 확인해 보고 방으로 연락드리겠습니다. 잠시만 기다려 주세요."

전화를 끊고 얼른 냉장고에서 물을 꺼내 마시고서야 정신이 좀 들었다.

"거기 OOO 호텔에 조식 레스토랑이죠? 혹시 오늘 조식 시간이 어떻게 되나요?"

"7시부터 10시까지입니다."

보통은 호텔 조식 시간이 6시부터인데 이 호텔은 7시부터였던 거다. 체크를 못 했다.

"그럼 혹시 조식을 도시락으로 포장해 줄 수 있나요?"

"도시락은 하루 전에 요청해야 준비할 수 있습니다."

큰일이다. 나는 어쩔 수 없이 그에게 전화를 했다.

"정OO 님, 보통 호텔 조식이 6시부터인데 이 호텔은 7

시부터 맞습니다. 제가 미리 확인해야 했는데 죄송합니다. 정말 죄송합니다."

내 실수다.

"그럼 나보고 어떻게 하라는 건데요? 나도 신부도 아침을 꼭 먹는데, 밥도 안 먹고 어떻게 다이빙을 가라는 거에요? 우리 조식을 못 먹은 거는 보상해 줄 수 있어요?

"죄송합니다. 저희 실수입니다. 조식비는 객실료에 이미 포함되어서 못 드셔도 따로 환불이 되지는 않습니다만."

말하는 순간, 아차 싶었다.

"그럼, 당신이 실수하고 우리 보고 밥을 먹지 말라는 거네? 대표라는 사람이 이런 식으로 일 처리할 건가요? 당신 지금 어디야?"

"지금 푸껫에서 출장 중입니다."

"그럼 같은 태국이네. 당장 와서 사과하세요!"

"네? 제가 당장 갈 수 있는 거리는 아니어서요."

"됐고, 일단 지금 우리는 나가야 하니까 이따가 5시에 다시 전화하세요. 그리고 방법도 생각해 보고!"

"네, 알겠습니다. 우선 투어 잘 다녀오세요."

전화를 끊고 내 머리를 쥐어뜯었다. 왜 하필 조식 시간을 체크를 안 해서 이런 일을 만들었는지. 이런 경우는

바로 해결해야 하는데 당장은 어쩔 도리가 없었다. 호텔 주변에 편의점도 없었고, 호텔도 아직 조식 식당이 문을 열지 않은 상태여서 조식 도시락도 안 된다고 하고.

'어떻게 하면 마음이 좀 풀어질까?'

나는 호텔로 연락했다.

"안녕하세요. 빌라 301호에 이따 오후 6시에 디너 예약 부탁드려요. 지불은 여행사에서 할게요."

오후 5시, 투어에서 커플이 돌아왔다.

"정OO 님, 투어 잘 다녀오셨어요? 아침에는 경황이 없어서 잘 말씀드리지 못했습니다. 죄송합니다."

"아, 네."

그의 목소리는 아침보다 누그러져 있었다.

"죄송한 마음으로, 두 분 디너를 준비했습니다. 이따 6시에 레스토랑에 가셔서 성함 말씀하시면 준비해 드릴 겁니다. 그리고 오늘 못 드신 조식 비용은 한국으로 오시면 환불해 드리겠습니다."

"그렇게까지는 않으셔도 되는데. 저희가 아침에 좀 예민했었던 것 같네요."

"아닙니다. 양해해 주셔서 감사드려요. 남은 일정도 차질 없도록 잘 준비하겠습니다."

"네, 저희도 디너 잘 먹을게요."

그 일이 있고 나서, 나와 우리 스태프들은 조식 시간은 꼭 다시 한번 더 체크를 하게 되었다. 웬만한 호텔은 아침밥 시간은 외울 정도로. 왜냐하면 누구에게나 조식은 중요하니까.

사우디 국왕의
방문을 환영하지 않습니다

'무함마드 빈 살만 왕세자의 방문을 환영합니다.'라고 사무실 앞 건물에 사우디 왕세자의 사진이 커다랗게 걸렸다. 국내 모 정유 회사에서 사우디 왕세자의 방문에 맞춰 환영하는 플래카드였다.

'저 왕세자가 그 왕세자인가 보군.'

사우디 왕세자의 얼굴을 보니 2017년 3월의 그 날이 떠올랐다.

"2017년 3월 1일, 살만 빈 압둘 아지즈 알 사우드 사우디아라비아 국왕 인도네시아 방문!"

사우디 국왕의 아시아와 중동 순회 방문이 연일 뉴스에 나왔다.

"대표님, 여기 발리인데요. 다음 주 세인트 레지스에 체크인하는 손님 계시죠? 사우디 국왕이 발리에 오는데 세인트 레지스를 통째로 빌렸어요. 그래서 투숙객분들은 다른 호텔로 옮기셔야 한대요. 어떻게 하죠?"

발리의 현지 매니저가 다급하게 연락이 왔다.

"자카르타에 가는 거 아니었어요?"

"네, 자카르타 갔다가 발리에는 가족들과 일주일 동안 휴가로 온다고 하네요."

'왜? 발리를 오는 거야, 그것도 세인트 레지스에!'

세인트 레지스는 발리에 가면 누구나 한 번쯤 묵어 보고 싶어 하는 최고급 럭셔리 7성급 리조트다. 이곳에 셀럽이 자주 오는 건 알았지만, 이렇게 갑자기 국왕이 온다고 호텔을 비우라는 일은 처음이었다. 더군다나 사우디 국왕은 혼자 오는 게 아니었다. 1,500명의 수행단과 왕자 25명 그리고 비행기 36대에 전용 벤츠 차량과 심지어 엘리베이터 2대까지 가지고 온다고 해서 발리 전체가 그의 방문으로 들썩들썩했다.

"그럼 옮겨야 하는 호텔은 지정된 건가요?"

"급하게 옮기는 거라서, 가고 싶은 숙소 있으면 그쪽으로 옮기시면 됩니다. 비용은 상관없고요. 사우디 국왕 측에서 지불한대요."

"정말요? 정말 비용에 상관 없어요?"

역시 사우디 국왕의 스케일은 달랐다.

'비용이 상관없다니!'

이런 일은 나에게 일어났어야 했는데. 나라면 흔쾌히 "예스!"라고 말하고 두말없이 더 비싸고 좋은 숙소로 옮겼을 텐데 말이다. 그러나 현실은 내일모레 출발하는 손님을 설득해야 하는 제일 불편한 사람이 되었다. 비록 더 비싸고 좋은 호텔로 옮기더라도 무작정 나가라고 하는 건 썩 기분 좋은 일은 아니다.

'이왕 이렇게 된 거, 제일 비싸도 된다고? 사우디 국왕이 부담한다니까, 부담을 한번 줘 봐?'

나를 힘들게 한 사우디 국왕이 밉기도 하고 손님에게 더 좋은 호텔로 해 주고 싶은 마음에 제일 비싸고 좋은 풀 빌라들로만 골랐다. 웬만한 발리의 풀 빌라는 다 가본 덕분에 리스트 뽑는 건 어렵지 않았다.

"안녕하세요? 잠시 통화 괜찮으실까요? 드릴 말씀이 있어서요."

"네, 말씀하세요."

"사우디 국왕이 다음 주에 발리로 휴가를 온다고 해요. 그런데 세인트 레지스를 통째로 빌렸어요. 그래서 보안·안전상의 이유로 기존 투숙객들은 모두 다른 호텔로 옮겨야 한다고 합니다."

"네? 옮겨야 한다고요? 이제 출발하는 날이 며칠밖에 안 남았는데요?"

"네, 당황스러우시지요. 대신 옮기는 곳은 아무 곳이나 괜찮다고 해서 제가 제일 비싸고 좋은 최고급 풀 빌라로만 뽑아 봤어요. 이전에 보셨던 반얀트리는 클리프 풀 빌라는 절벽 바로 앞에 있어서 스펙터클한 바다 전망이 멋지고, 리츠 칼튼은 오픈한지 얼마 안 된 새 빌라인데 빌라가 워낙 커서 풀 사이즈가 상당합니다. 또 우붓 쪽에 있는 만다파는 리버 뷰가 나오는 풀 빌라인데…."

"잠깐만요, 세인트 레지스 호텔은 아예 안 되는 거죠?"

"아, 네."

"그럼 일단 와이프랑 상의해 보고요."

이런 기다리는 시간이 제일 싫다. 혹시나 손님이 그래도 꼭 그 호텔로 가겠다고 하면 다시 설득을 해야 한다.

"그럼 반얀트리로 갈게요. 오션 뷰가 좋을 것 같아요."

다행히도 쿨하게 이해해 주셨다. 그리고 손님 커플은 별다른 일 없이 발리로 여행을 떠났다. 이렇게 해피 앤딩이면 얼마나 좋았을까? 사우디 국왕은 발리에 왔고, 뭐가 그렇게 불안했는지 행차하는 걸음 걸음 길마다 막으셨고, 민방위 훈련처럼 우리 손님은 또 도로 한가운데에 멈춰서 기다렸다고 한다. 그나저나 예상치 못한 큰일이 있었다. 오션 뷰가 킬링 포인트인 반얀트리. 하필 절벽이 공사 중이었던 것이었다. 왜 갑자기 공사를 하는 거야.

"대표님, 여기 포크레인 뷰에요."

반얀트리 풀 빌라 그것도 클리프 풀 빌라인데, 그것 때문에 반얀트리를 추천한 건데 포크레인이 떡 하니 기다리고 있다니.

"공사하는 걸 몰랐어요. 죄송해요."

우리 손님도 나도 시작부터 여행이 끝날 때까지 사우디 국왕 때문에 꼬여 버렸다. 사우디 국왕, 우리 다신 마주치지 말아요.

의심해서 미안해요,
오해해서 미안해요

"돈이 없어졌어요."

발리로 신혼여행 간 손님에게 급하게 연락이 왔다.

"돈이 얼마나 없어지셨어요?"

"조식을 먹으러 다녀오니 돈이 없어졌어요. 분명히 테이블 위에 두었는데 없어요. 축의금으로 받은 거 공항에서 달러로 바꿔서 100달러짜리 10장을 고무줄로 묶어서 가지고 있었어요."

"302호 객실 맞으시죠? 제가 알아보고 연락 드릴게요."

여행에서 물건을 잃어버리는 일은 많지만, 돈이 없어지

는 경우가 제일 난감하다. 잃어버리면 찾기 힘들고 또 섣
불리 누구를 의심하는 일은 하지 말아야 하기 때문이다.
나는 우선 호텔로 전화를 했다.

"안녕하세요. 302호 손님 방에서 돈이 없어졌어요. 혹
시 CCTV로 확인 부탁드립니다."

호텔 객실에는 CCTV가 없기에 복도 쪽 CCTV로 손님
이 없는 사이 누가 다녀갔는지 확인해야 했다.

"CCTV는 매니저의 권한이기 때문에 일단은 매니저가
손님에게 확인하겠습니다."

"네, 그렇게 해 주세요."

그리고는 손님에게 다시 전화를 했다.

"곧 매니저가 방으로 갈 겁니다. 일단은 호텔 매니저와
같이 확인하시면 되고요. 혹시 가방이나 방에 있는지 한
번 더 봐 주세요."

손님은 매니저와 함께 CCTV를 확인했고 손님이 조식
먹으러 간 사이에 룸 메이드가 방을 청소하러 들어간 것
이 확인되었다. 이런 경우에는 정말로 난감하다. 증거도
없이 룸 메이드를 의심할 수도 없고 또 무작정 경찰을 불
러서 확인하는 것도 무리다. 나는 매니저에게 조심스럽게
물었다.

"일단은 손님이 확인하는 것이 우선입니다. 그리고 메이드에게 혹시 돈을 봤는지 물어봐 주시고 혹시 룸 메이드의 가방이나 로커를 확인해도 되는지 조심스럽게 말씀해 주세요."

나는 최대한 조심스럽게 접근할 수밖에 없었다. 확실한 것이 아니었기 때문이다. 결국 매니저는 룸 메이드의 로커와 가방을 확인했지만 찾을 수 없었다.

"대표님, 저희가 가진 돈이 그게 다인데 어떡하죠?"

"아직 일정이 남아 있으시니, 제가 기사에게 전달해서 100달러 정도 보내 드릴게요. 그리고 혹시 모르니 차도 찾아보고 그래도 없으면 경찰서에 분실 신고를 하시는 게 나을 것 같습니다."

1,000달러면 정말 큰돈이다. 나는 그들의 일정을 하나하나 짚어봤다. 밖에 나갈 때는 가지고 가지 않았다고 하니까 호텔이나 차, 이 둘 중에 한 곳일 확률이 높았다.

'호텔은 아니니까, 혹시 차에?'

지푸라기라도 잡는 심정으로 기사에게 연락했다.

"오늘 일정 끝나고 차고지에 들어가면 차 안을 구석구석 찾아봐 줄래요? 손님이 돈을 잃어버렸는데 혹시 차에 있나 봐 주세요."

"네, 제니퍼."

하루 종일 일이 손에 잡히질 않았다. 돈을 잃어버린 손님도 그렇지만 내 마음이 더 불편했다. 그렇게 얼마나 지났을까? 전화벨이 울렸다. 와얀이다.

"제니퍼, 돈 찾았어요. 차 좌석 아래에 떨어져 있었어요. 100달러짜리 묶은 거 맞죠?"

"네, 맞아요. 아 다행이다. 그거 지금 호텔로 가져다주세요."

그리고 노심초사 기다리고 있을 손님에게 전화했다.

"돈 찾았어요! 차 아래에 떨어져 있었어요. 진짜 다행이에요. 와얀 기사가 호텔로 가져다드릴 거에요. 10분 후에 로비로 나오세요."

"감사해요. 못 찾을 거라고 포기하고 있었거든요. 감사합니다."

그렇게 1,000달러는 주인에게 돌아갔다. 그러나 나는 마음이 편치 않았다. 아주 잠시나마 의심했던 호텔 룸 메이드에게 너무 미안했다. 그리고 다시 전화기를 들었다.

"매니저님, 저 제니퍼인데요. 돈 찾았어요. 오늘 302호 담당했던 룸 메이드에게 손님을 대신해서 미안하다고 전해 주세요. 꼭! 전해 주세요."

다행히 돈은 찾았지만 불편한 마음은 지울 수 없었다. 그래서 나는 그 이후로 손님들께 꼭 당부한다.

"현금은 너무 많이 가져가지 마시고 꼭 쓰실 만큼만 환전해서 가져가세요. 비상용으로 해외에서 사용하실 수 있는 신용 카드를 준비하시고요. 그리고 호텔에서 현금은 꼭 금고에 넣어 두시고 이동 시에는 가방 깊은 곳에 보관해 주세요. 꼭!"

가방이
바뀌었지 뭐야

공항에 도착해서 짐을 찾다가 내 트렁크인 줄 알고 수하물 벨트에서 꺼냈다가 뻘쭘하게 다시 올려놓았던 경험. 여행을 갔던 사람이라면 누구나 한 번쯤 있었을 거다. 처음 해외여행을 가려고 설레는 마음으로 산 나의 인생 트렁크. 100m 밖에서도 내 것이라고 알아볼 수 있는 핫 핑크 트렁크였다.

캐나다에 도착해서 짐을 찾고 유유히 입국장으로 들어가는데 "잠깐, 이리 오세요!"라고 불러 세워졌다. 인파 속에서도 빛나던 내 트렁크 때문이었을까? 덕분에 랜덤 짐 검사에 딱 걸렸다. 수상한 것은 없었지만, 혹시나 너무 눈에 띄어서 그런 건지 생각이 들었다. 이러한 내 추측이 확신으로 돌아선 것은 얼마 지나지 않았다. 정말로 세계 여러 나라의 곳곳에서 짐 검사의 타깃이 되었다. 결국은 나의 핫 핑크 트렁크는 창고 속에 던져졌다.

'이래서 트렁크는 눈에 잘 안 띄는 걸로 해야 되나 봐.'

이후 트렁크는 세상 가장 무난한 검은색 패브릭 트렁크로 바꿨다. 너무 무난해서 나만 알아볼 수 있게 손수건도 묶어 봤지만, 어느 여행사에서 손수건을 나눠줬는지 손수건 묶은 가방은 왜 이렇게 많은 건지. 나의 평범한 트렁크는 공항에서 늘 나보다도 먼저 나와 있었다. 분명, 누가 자기 것인 줄 알고 꺼냈다가 그냥 둔 걸 거다. 그래도 이만하면 다행이다. 진짜 가방이 바뀌는 일도 있다.

"저 도착해서 호텔에 왔는데요. 가방이 바뀌었어요."

방금 푸껫에 도착한 커플의 연락이다. 외국 공항에서 가방이 바뀌면 진짜 막막하다. 가방에 짐텍이나 비행기 수하물 표가 없으면 바뀐 가방을 가져간 사람이 연락할 때까지 기다려 보는 수밖에 없다.

"혹시 가방에 짐텍이나 항공사 수하물 표 있어요?"

"짐텍은 있는데 이름이 없어요. 잠깐만요 수하물 표 이

름과 번호가 있어요. 불러 드릴게요."

어? 뭐가 좀 이상했다. 커플이 불러 준 이름이 다행히 한국 사람 이름인데 뭔가 익숙했다.

'혹시 그 사람인가? 아니야. 맞을 수도 있어.'

내가 아는 그 사람에게 연락을 했다.

"안 그래도 연락드리려고 했는데, 트렁크 바뀐 거 어떻게 아셨어요?"

그 이름은 같은 날 같은 곳으로 여행을 떠난 우리 여행사의 다른 커플 중에 한 명이었다. 세상에 이런 일이? 하루에도 수천 명이 드나드는 푸껫 공항에서 바뀐 가방이 우리 여행사 손님이 될 확률이 얼마나 될까? 나는 두 커플에게 서로의 연락처를 알려주고 중간 지점에서 만날 수 있도록 했다.

그리고 1시간이 지난 후에 두 커플은 빠통의 어느 카페에서 사이좋게 찍은 인증 샷을 보내왔다. 그리고 여행 기간 동안 같이 밥도 먹고 즐거운 시간을 보냈고 한국에 와서도 만나는 사이가 되었다. 정말 천 분의 일의 확률이 만들어 준 인연이었다.

갑, 을, 병, 정
그리고 갑으로!

"왜 그렇게 일부러 사서 고생해? 대리점을 하면 판매 수수료를 받고 얼마나 편하고 좋아?"

"아, 전혀 생각을 안 해 봐서요."

여행 박람회에서 만난 김 사장님이 내가 안쓰러웠는지 이야기했다. 이 세상에는 두 가지의 여행사가 있다. 패키지여행사와 자유 여행사. 패키지여행사는 우리가 아는 그 여행사다. 여행 상품을 판매하는 여행사. 반면에 나는 자유 여행사다. 추가로 그중에서 제일 힘든 맞춤 자유 여행사에 속한다. 말 그대로 한 땀 한 땀 여행 스케줄을 짜는 것이다. 항공부터 숙소, 맛집, 투어까지 고객의 취향에 맞춰서 만드는 여행이다. 그러려면 직접 가 보고 먹어 보고 체험해야 한다. 가끔은 출장비가 매출보다 더 나올 때도 있다. 그래서 대부분의 여행사가 자유 여행을 꺼린다.

과거 푸껫 출장에서 우연히 김 사장님을 만난 적이 있었다. 습도와 기온이 정점을 찍던 7월 우기였던 푸껫. 원래는 공항으로 랜드사가 여행사 일행을 픽업해서 준비한 일정대로 모시고 다닌다. 이걸 팸 투어라고 한다. 하지만 랜드사 없이 직접 상품 개발을 해야 하는 나는 모든 것을 혼자 준비해야 했다.

투어도 개발하고 동선도 체크하고 또 새로 생긴 호텔도 가야 한다. 그날도 한적한 해변에 새로 생긴 풀 빌라를 보러 가는 길이었다. '왜 이렇게 외진 곳에 만든 거야?'라고 투덜대면서도 소위 핫 한 호텔이라고 소문난 그곳으로 가고 있었다. 차를 타면 편한 길이었지만, 한 푼이라도 아끼려고 버스를 타고 큰길에 내려 호텔까지 이어지는 산길을 걸어갔다. 로비에 도착할 즈음에는 이미 땀과 먼지로 범벅이 되었다. 머리는 땀으로 축 늘어졌고, 마스카라는 녹아서 판더가 되었다. 지친 행색의 내가 안타까웠는지 호텔 직원은 시원한 웰컴 드링크와 물수건을 가져다주었다.

"저 미스터 챨리 만나러 왔는데요."

"네, 잠시만 기다리세요."

잠시 후, 호텔 담당자인 챨리가 나왔다. 얼른 명함을 꺼내서 인사를 하려는데, 그는 나를 지나쳐 로비 다른 쪽에 앉아 있던 사람들에게로 갔다. 그리고 아주 반갑게 인사를 하면서 웃음이 끊이질 않았다. 아는 사이 같았다.

'어? 나랑 약속한 거 아닌가?'

나는 실례를 무릅쓰고 그들의 대화에 끼어들었다.

"안녕하세요. 저 제니퍼 마입니다. 오늘 오후 2시에 인스펙션(호텔 객실 및 부대시설을 방문하여 조사하는 일) 약속했습니다."

"아하! 미스 마. 반가워요. 오늘 한국에서 온 팀 인스펙션이 있는데 같이 하시죠? 제가 그 이후에는 다른 약속이 있어서요."

그는 나에게 한마디 양해의 말도 없이 그들과 합류하라고 했다. 이건 상당히 무례한 일이다. 인스펙션이 끝나고 계약을 할 수 있어서 프라이빗 하면서도 중요한 미팅이었기 때문이다. 그 한 무리의 사람들은 한국에서 온 여행사 사람들이었다. 현지 랜드사 사장부터 한국 여행사 대표, 직원들까지 족히 10명이 넘었다. 나는 혼자였고 아직 이 호텔과 계약 전인 불리한 입장이었기 때문에 그의 제안을 거절할 수 없었다.

'그래, 얼마나 대단한 호텔인지 한번 보자.'

역시 그 호텔은 입소문처럼 어마어마한 부대시설과 고급스러운 인테리어로 무장한 호텔이었다. 나는 미리 준비한 질문을 물어보기 시작했다.

"객실 사이즈는 얼마인가요? 객실에 아동 몇 명까지 투숙이 가능하죠? 허니문 커플에 제공하는 케이크나 와인 등의 아이템이 있나요? 시내까지 가는 셔틀은 있나요?"

"미스 마, 그건 호텔 팩트 시트(Fact Sheet)에 있어요. 나중에 확인해 보세요."

어이가 없었다. 호텔 세일즈라는 사람이 호텔을 계약하러 온 사람에게 이렇게 무성의하게 대답하다니.

"여기 조식은 맛있나요?"

나와는 달리 한국에서 온 김 사장님이 질문하자, "미스터 김, 좋은 질문입니다. 점심 시간이니 식사하러 가시죠? 제가 레스토랑에 준비해 놨습니다."

"네? 저 아직 안 끝났는데요."

내가 준비한 질문은 아직 끝나지 않았는데, 갑자기 마무리하다니. 이렇게 대충하는 인스펙션은 처음이었다.

"미스 마, 만나서 반가웠습니다. 안녕히 가세요."

그렇게 김 사장님과 호텔 매니저는 점심을 먹으러 레스토랑으로 사라졌고 초대받지 못한 나는 쓸쓸하게 로비에 남겨졌다.

외국에도 갑을병정은 있었다. 굳이 말하자면 1년에 수백 개의 방을 팔아 주는 김 사장님은 갑, 한국에서 온 이름 모를 작은 여행사 대표는 을 아니 병이나 정쯤 될까?

"뭐 이런 호텔이 인기 있다고, 1년만 두고 봐라!"

그렇게 푸대접을 받은 2년 후. 나는 그 호텔을 다시 방문했다. 그 사이 우리 여행사는 그 호텔의 메인 거래처가 되어 있었다.

"오랜만이에요. 여기까지 오느라 고생했어요."

그는 그때 김 사장님에게 했던 것처럼 반갑게 나를 맞아주었다.

"요즘 어때요? 우리 손님은 다 VIP라서 특별히 잘 케어해 주셔야 해요."

"그럼요, 인스펙션 끝나고 점심 먹고 가세요."

"아니요, 괜찮아요. 다음에 미팅 약속이 있어서요."

나는 그가 그랬듯이 쿨하게 거절을 하고 돌아섰다.

'아, 속이 다 시원하네!'

나의 첫 패키지여행은
방콕과 파타야

나의 첫 패키지여행은 약 20년 전 그날로 돌아간다.

"연희야, 태국 가자!"

"태국? 갑자기 태국은 왜?"

"어, 다음 주 수요일에 출발이야. 여권은 있지? 방콕하고 파타야 299,000원에 떴어."

"여권은 있지."

"그럼 일단은 내가 예약해 둔다!"

신문 전면에 나온 신생 여행사의 땡처리 패키지여행 광고를 보고 친구와 나는 묻지도 따지지도 않고 방콕 파타야 여행을 예약했다. 3박 5일 일정인데 299,000원에 먹여 주고 재워 주고 비행기 표 값도 안 되는 가격이라 무조건 횡재라고 생각했다.

드디어 출발하는 날. 우린 일찌감치 공항에 도착해서 여행사에서 알려준 집합 장소로 갔다. 인천공항의 M 카운터 앞, 이미 40명은 족히 넘는 사람들이 모여 있었다.

'설마 저 사람들이 다 같이 가는 건 아니겠지?'

아이들은 뛰어다니고 계 모임에서 단체로 온 어른들과 신혼여행인 것 같은 커플들도 있었다.

"저, OO 여행사 방콕·파타야 패키지 여기 맞나요?"

"네. 맞아요. 여권 주시고 여기서 대기해 주세요."

나와 친구는 그룹과 멀찌감치 떨어진 구석 자리에 조용히 앉아 있었다.

"친구랑 여행 가나 봐요?"

엄마 연세 정도 되는 아주머니가 말을 건네셨다.

"아, 네."

"자, 다 오셨으니 이제 출발할게요."

가이드가 깃발을 들었다. 친구와 나를 포함한 40명의 일행은 수학여행을 가는 학생들처럼 가이드 뒤를 졸졸 따라갔다. 이 여행이 쉽지 않을 거란 걸 알았지만, 후회

하기에는 너무 늦었다. 그런데 내가 탈 항공사가 좀 이상했다.

'태국에 가는데, 웬 일본 비행기지?'

"탑승을 환영합니다. 우리 비행기는 오사카를 경유하는 방콕행 비행기입니다."

방콕까지 5시간이면 되는데 오사카까지 2시간, 오사카에서 1시간 반을 대기 후 다시 방콕까지 5시간 반을 돌아서 가는 비행기였다.

"왠지, 싸더라…."

그래도 두 번의 기내식으로 위안을 삼고, 기나긴 9시간의 비행 후 방콕에 도착했다. 아침 일찍 출발한 여행은 벌써 밤이 되어 버렸고, 우리 일행은 방콕의 어둠을 뚫고 호텔에 도착했다.

"자, 오늘은 푹 주무시고 내일 아침 7시 반에 로비에서 모입니다."

"7시 반이라고요? 저 그때 못 일어나는데요."

나의 외침은 방으로 올라가는 일행의 소란 속에 묻혔다. 숙소의 문을 열자, 삐걱거리는 침대와 얼룩진 카펫이 반겨 주었다. 답답한 마음에 열어 본 창문 밖은 벽이 떡하니 막고 있었다. 놀라운 객실 상태에 침대에 앉기도 싫었지만, 있는 옷을 다 챙겨 입고 겨우 잠들었다.

다음 날, 새벽 6시 반. 그래도 아침은 먹어야 했기에, 무거운 몸을 이끌고 조식 식당으로 내려갔다. 식당에는 벌써 패키지 일행들이 식사를 하고 있었다. 뻑뻑한 식빵과 계란 프라이 하나. 우리는 아침을 대충 때우고 삼삼오오 로비에 모였다. 인원 체크를 한 가이드가 크게 소리쳤다.

"오늘은 왕궁 투어입니다. 기대하셔도 좋습니다."

가이드의 말이 끝나자마자 패키지 일행을 태울 차에 올라탔다. 그렇게 한참을 달려 도착한 왕궁. 차에서 내리자마자 후끈한 열기가 몸을 휘감았다. 조심스럽게 "저, 차에서 기다리면 안 될까요?"라고 말을 꺼냈다가 다른 일행에게 눈총을 받고 조용히 따라나섰다. 맨 앞에서 설명하는 가이드의 목소리는 맨 뒤에 있었던 우리까지 들리지 않았고, 그냥 여긴 왕궁이구나 하고 따라다녔다. 사실 왕궁 투어를 한 것이 아니라 푹푹 찌는 핫 요가를 3시간을 한 것 같았다. 그래도 나와 내 친구는 견뎌야 했다. 왕궁 투어가 끝나면 드디어 휴양지인 파타야로 이동하기 때문이었다.

왕궁 투어를 마치고 차량은 드디어 파타야 방향으로

달리기 시작했다.

"드디어 내가 바라던 휴양지야!"

얼른 시원한 호텔 수영장에 풍덩 뛰어들고 싶었다.

그때 "방콕이 세계적으로 보석이 유명한 거 아시죠? 보석 숍에 잠시 들렀다 갑니다."라고 가이드가 말했다.

'방콕이 보석으로 유명하다고? 그랬었나?'

그렇게 안내받은 보석 숍에는 다이아몬드, 금반지, 에메랄드 등 딱 봐도 비싸 보이는 것들이 진열되어 있었다. 여비라고는 50달러가 다였던 나는 화장실을 핑계를 대고 복도 의자에 앉아 있었다. 그렇게 2시간이 지났을까? 쇼핑을 하고 나오는 어느 신혼여행 커플은 100만 원짜리 다이아몬드 원석을 싸게 샀다고 싱글벙글하였다. 나와 친구를 제외하고 다들 모기 눈물만 한 보석이라도 산 것 같았다. 그 뒤로 바쁘게 점심을 먹고, 2시간 반을 더 달려 드디어 파타야에 도착했다.

하지만 차는 여전히 호텔이 아닌 파타야 시내로 접어들고 있었다. 우리는 또 가이드를 따라 2열 종대로 줄을 서서 파타야 워킹 스트리트를 걷고 있었다. 휘황찬란한 네온사인 사이로 예쁜 언니들이 춤을 추는 워킹 스트리트를 지나고 파타야 야시장에 도착하자 가이드가 말했다.

"여기서 30분 드릴게요. 7시까지 여기로 모이세요.

'세상에, 야시장에서 30분이라니.'

파타야 야시장에 가서 쇼핑도 하고 마사지도 받고 노점에서 팟타이도 먹을 계획이었는데, 30분으로는 어림도 없었다. 하지만 정확히 딱 7시가 되자 가이드가 나타났고, 나는 떨어지지 않은 발걸음을 끌고 호텔로 갔다.

"오늘 푹 쉬시고 내일 아침 7시에 로비에서 뵙겠습니다. 밖은 위험하니 밖에 나가지 마세요. 총을 맞을 수도 있습니다."

'총? 총이 어디 있어.'

비록 총을 맞더라도 도저히 이대로 파타야에서 첫날밤을 보낼 수 없었다.

"야, 나가자. 이렇게 잘 순 없잖아?"

친구와 나는 가이드의 눈을 피해 몰래 호텔을 빠져나왔다.

"우리 이러다가 진짜 총 맞는 거 아니야?"

"총이 어딨냐? 다 영화에서만 나오는 거야."

나는 호기롭게 친구를 안심시켰지만, 아주 조금은 무섭기도 했다. 그러나 총은 무슨. 우리의 걱정은 호텔을 벗어난 지 딱 1분 만에 사라졌다. 눈길이 마주치면 친절하게

웃어 주는 태국 사람들이 있었기 때문이었다. 우리는 아까 다 둘러보지 못한 야시장에서 2시간이나 쇼핑을 하고 바다가 보이는 분위기 좋은 바에서 맥주도 마셨다. 그리고 새벽 2시 언제 그랬냐는 듯이 조용히 호텔로 들어왔다.

파타야에서 둘째 날, 파타야에서 벌써 마지막 날이다. 오늘은 농눅 빌리지에서 코끼리 쇼를 보고 무슨 황금 사원을 간다고 했다. 그러나 우린 이미 자유 여행의 맛을 알아 버렸다.

"저희 오늘 호텔에서 쉬면 안 될까요? 몸이 좀 안 좋아서요. 콜록콜록."

가이드에게는 아파서 호텔에서 쉰다고 하고, 호텔 수영장에서 느긋하게 수영하고 코코넛도 시켜 먹었다. 이 시간이 꿀맛 같았다. 가이드북에 있는 파타야 시내 맛집에서 팟타이도 먹고 만 원짜리 마사지도 받았다. 그렇게 1시간 같은 하루가 지나고 이젠 집으로 돌아가야 할 시간이었다. 한국으로 가는 비행기는 밤 출발인데 또 새벽부터 짐을 싸서 로비에 모였다.

'어딜 가는 거지?'

우리를 태운 차는 파인애플 농장으로 향했고, 파인애플 한 조각을 먹고 다시 차를 탔다. 그리고 30분쯤을 달려 라텍스 숍 앞에 섰다.

"태국은 고무나무가 많아서 라텍스가 유명합니다. 천천히 쇼핑하세요."

돈도 없고 라텍스에 관심도 없는 친구와 나는, 가게에서 주는 웰컴 드링크만 홀짝홀짝 마시며 구석 의자에 앉아 있었다.

"이 시간에 마사지라도 받으면 좋겠다."

우리의 푸념과 다르게 투어는 가오리 지갑과 꿀을 파는 잡화점도 들르고, 무슨 한약방까지 끝없는 쇼핑 로드가 이어졌다. 패키지 일행들은 가게에 들어갔다가 나올 때마다 양손 가득 뭔가를 사 왔다. 상대적으로 빈손이었던 우리는 가이드의 눈치가 보였지만, 돈도 관심도 없었기 때문에 어쩔 수 없었다. 드디어 모든 일정이 끝나고 공항으로 가는 길. 어둑어둑해진 방콕의 창문 밖으로 언뜻 카오산 로드가 보였다.

나는 "당장 차를 세워 주세요!"라고 하고 싶었다. 하지만 차창 밖으로 자유롭게 걸어 다니는 여행객들을 부러운 눈으로 바라볼 수밖에 없었다. 분명 3박 5일을 다녀왔는데 기억에 남는 건, 파타야에서 자유로운 하루의 시간뿐이었다.

나는 진짜 방콕이 그리고 파타야가 궁금했다. 한국으로 돌아와 바로 방콕행 비행기표를 끊었다. 호텔도 직접 예약하고, 방콕 지도가 닳을 정도로 열심히 공부했다. 그리고 제대로 다녀온 방콕·파타야 여행.

'그래, 이게 진짜 여행이지!'

왜 이런 여행을 만드는 여행사는 없을까? 아마 그때부터였던 것 같다. 내가 해외여행에 빠지게 된 순간 그리고 여행사를 시작하게 된 계기가 되었던 순간은.

팁은 얼마나
쥐야 할까요?

여행사를 하면서 제일 많이 듣는 질문이다.

"팁은 얼마나 줘야 할까요?"

팁은 영 불편한 시스템이다. 우리나라에는 팁 문화가 없는데 갑자기 외국에 가서 팁을 주려니 너무 적게 주면 체면이 안 설 것 같고 많이 주자니 부담되고, 아무튼 우리 정서에서 사람에게 직접 돈을 준다는 건 불편하고 껄끄러운 상황이다.

나는 비교적 팁에 후한 편이다. 호텔에서 짐을 옮겨 주는 벨보이와 룸 메이드의 고생을 잘 알고 있기 때문이다.

반드시 그런 건 아니지만, 팁을 놓고 나갔다 온 날은 방이 더 깨끗하게 청소가 되어 있었다. 공짜 생수도 몇 병이 더 놓여 있었고, 샴푸나 비누 등의 어메니티도 넉넉하게 가져다주었던 것 같다. 그런데 나보다 더 팁에 후한 사람이 있다. 바로 우리 남편이다.

"팁이 너무 많은데"라고 하면 "잔돈이 없어서 그래. 그리고 그에겐 이런 날도 있어야 하지 않아?"라며 웃고 넘어간다. 정말 호탕한 사람이다. 하와이 여행에서도 그랬다. 나는 호텔 체크인을 하고 짐이 올라오기 전에 먼저 객실 사진을 찍고 있었다.

"짐을 가져오면 방으로 들고 오지 말고 문 앞에 놔 달라고 해."

남편에게 올라올 짐을 부탁해 두었다. 이후 문이 열리는 소리가 들리고 "감사합니다!"라고 말하는 기운찬 벨보이의 목소리를 들었다.

'기분 탓인가? 목소리가 엄청나게 컸던 것 같은데?'

짐을 정리하고 저녁을 먹으러 나갔다. 로비를 가로질러 문 쪽으로 가는데, 갑자기 어느 직원이 달려와서 먼저 문을 열어 주었다.

"좋은 저녁 시간 되세요. 미스터 조!"라는 인사도 했다.

"당신 이름을 어떻게 알지?"

"아까 방으로 짐 가져온 직원이야."

"그렇구나. 근데 당신 팁 줬어? 얼마나 줬는데?"

"어, 그러니까 30달러."

"응? 너무 많이 준 거 같은데."

"우리 짐이 많잖아. 하하하"

그날 이후로 우리가 호텔에 머무는 동안 그 직원은 남편을 보면 먼저 달려와서 안부를 묻고 비가 오면 우산을 챙겨 주었다.

"좋은 아침입니다!"

"즐거운 밤 되세요!"

"날이 좋네요, 좋은 하루 잘 보내셨으면 합니다!"

마치, 그 호텔의 VIP가 된 기분이었다.

생각해 보면 남편이 팁을 꼭 많이 줘서 그런 건 아닌 것 같았다. 남편은 팁을 줄 때 예쁘게 반으로 접어서 준다. 혹시나 받는 사람의 손이 부끄럽지 않게. 그리고 조용히 "고마워요!"라는 말도 잊지 않는다. 어떻게 생각을 하면 팁의 금액은 중요하지 않은 것 같다.

어쩌면 팁은 말로는 다 표현하지 못하는 부족한 마음을 표현하는 것이 아닐까?

어느 횟집 사장님의
발리 여행

아직 새벽인 시간, 발리에서 급한 전화가 왔다.

"저 몸이 좀 이상해요. 뭘 잘못 먹은 거 같습니다."

이 시간에 아이도 아닌 어른이 아파서 연락하는 경우는 더는 참기 어려워서 연락하기 때문에 더 걱정이 크다.

"증상이 어떠세요?"

의사는 아니었지만, 병원을 가야 하는지 아니면 약을 먹어야 하는지 빠른 판단이 필요했다.

"어젯밤부터 온몸에 두드러기가 나더니, 지금은 목이 답답해서 숨쉬기가 힘들어요. 응급실에 가야 할 것 같습니다."

"어제 뭐 드셨어요?"

"짐바란에서 시푸드를 먹은 거밖에 없어요. "

"혹시 갑각류 알레르기 있으세요?"

"아니요. 제가 횟집을 하는데요. 그런 거 없어요."

그러고 보니 이 손님은 대부도에서 횟집을 하는 사장님이었다.

"일단 현지 가이드에게 연락해서 병원으로 모시라고 할게요."

알레르기가 심해지면 호흡 곤란이 오고 상황이 더 심각해질 수도 있었다. 나는 자고 있는 가이드를 깨워서 빨리 손님이 있는 호텔로 가라고 요청했다. 다행히 호텔과 가까운 꾸따에 큰 병원이 있어서 응급실까지 빨리 갈 수 있었다.

현지에서 손님이 아파서 병원을 가는 경우에는 한국에서 결과를 기다리는 동안 내 속은 까맣게 탄다. 바로 옆에라도 있으면 병원을 뛰어다녀서라도 바로 도움을 줄 수 있을 텐데. 물론 현지에 가이드와 조력자가 있지만, 마치 먼 타국에서 내 가족이 병원에 간 것처럼 속상하고 마음이 쓰이는 건 어쩔 수 없다.

'제발, 별일이 아니기를.'

동이 트고 기다림이 길어질 때 즈음, 손님에게서 연락이 왔다.

"대표님, 응급실에서 진료를 받고 약을 처방받았어요. 다행히 이제 조금 괜찮아졌어요."

천만다행으로 부었던 목은 나아졌고 호흡 괜찮아졌다고 했다.

"이젠 괜찮으세요? 병원에서 뭐라고 하나요?"

"정확한 건 한국 가서 검사해 봐야 알겠지만, 갑각류 알레르기일 거라고 했어요. 그런데 이상해요. 제가 횟집을 몇 년째 하는데 해산물을 그렇게 먹어도 한국에서는 이런 증상이 없었거든요."

"정말 다행이에요. 알레르기는 워낙 여러 경우가 있으니까 드셨던 음식 중에 안 맞는 게 있었나 봐요. 한국에 오실 때까지는 가능한 한 음식은 조심해서 드시고요. 그리고 한국 오시면 병원에 가서 꼭 알레르기 검사를 받아 보세요."

아찔했던 횟집 사장님의 상태는 심하지 않아서 정말 다행이었다.

며칠 후, 횟집 사장님에게서 메시지가 왔다.

"저희 잘 도착했습니다. 횟집 사장이라는 사람이 해산물을 먹고 병원에 가고, 잊지 못할 발리 여행이었습니다. 그리고 그날 도와주셔서 감사했어요. 언제 시간이 되시면 꼭 한 번 저희 가게에 오세요!"

그날 이후, 나는 대부도를 지나갈 때면 그 횟집 사장님이 생각난다. 그나저나 어떤 해산물이 문제였을까?

방콕에서의
기묘한 이야기

　간혹 여행 커뮤니티에 심심치 않게 올라오는 글이 있다. 믿거나 말거나 식의 도시 전설 같은 괴담의 이야기인데, 어느 호텔 혹은 어느 여행지에서 뭔가를 봤다던가 혹은 잠깐 잠들었는데 가위에 눌렸다는 등의 이야기를 보곤 한다.

　반면에 그렇게 잦은 출장과 여행을 다녔지만, 여행지에서 한 번도 기묘한 일을 겪은 적은 없었다. 그래서 한 편으로 '내가 기가 센 건가?'라고 생각할 정도였으니까. 하지만 그 일이 겪고 나서는 조금 생각이 달라졌다.

"결혼기념일이시네요, 룸 업그레이드되셨어요!"

좀처럼 룸 업그레이드와 인연이 없었는데, 이번 방콕 여행은 왠지 느낌이 좋았다.

'그나저나, OOO호가 어디지?'

가도 가도 끝이 없는 긴 복도의 구석에 다다라서야 OOO호가 나타났다. 방 번호 아래에 또박또박 코너 스위트(Corner Suite)라고 적혀 있었다.

'코너 스위트라서 끝 방이었구나.'

방은 코너 스위트 룸 답게 넓은 침실과 거실 그리고 화장실도 2개였다. 침실 안쪽에는 넓은 드레스 룸도 있고 화장실에는 전망 좋은 욕조도 있었다. 무엇보다 어메니티도 에르메스 세팅에 미니바도 무료였다.

"와, 방 진짜 좋다. 완전 넓어. 전망 좀 봐."

남편은 본격적으로 방을 둘러보며 호들갑이었다.

"내 덕에 스위트 룸에서 자는 거야. 근데 진짜 좋다."

점심 시간이 훌쩍 지났지만, 방에서 나가기 싫었다.

"그냥 방에서 시켜 먹을까?"

"아니야. 일찍 들어와서 편하게 쉬자."

남편은 나가기 싫어하는 나를 겨우 끌고 밖으로 나왔다. 호텔에서 막 빠져나와서 짐을 확인하는데, 여권이 없었다. 금고에 두고 나온 것이었다. 환전을 하려면 여권이 꼭 필요했다.

"잠깐. 나 여권 놓고 왔어. 방에 다시 다녀올게."

나는 남편에게 로비에서 기다리라고 말하고 다시 OOO호로 향했다. 긴 복도를 지나 도착한 코너 스위트 룸. 문을 열자 불 꺼진 방은 대낮인데도 캄캄했다. 여권을 넣은 금고는 침실 안쪽 드레스룸에 있었다. 마침 불을 켜려고 키를 꽂았는데 방에 불이 들어오지 않았다.

'어? 이상한데? 그냥 들어가서 가지고 올까?'

방 안으로 몇 발자국 걷는 순간 누군가 복도에서 잡아당기는 것처럼 몸이 방의 반대쪽으로 기울었다.

'현기증인가?'

순간, 찬 바람이 오른쪽 뺨을 스쳤다. 무의식적으로 창문으로 시선이 갔지만, 창문은 굳게 닫혀 있었다. 갑자기 문득 예전에 어느 호텔 매니저와 사석에서 하던 이야기가 생각이 났다.

"태국에는 귀신이 많아. 사람마다 믿는 신이 많다 보니, 귀신도 영혼도 많이 떠돌고 있지. 그 영혼들은 사람의 발길이 뜸한 습하고 어두운 곳을 좋아해. 호텔로 치면, 구석에 있는 끝 방에 머물기도 해."

"에이 귀신이 어딨어!"

"믿거나 말거나지만, 우린 영혼이 있다고 생각하거든."

그때의 기억이 떠오르자. 방으로 더는 들어갈 수 없었다. 그리고 진짜로 룸 안에 뭐라도 있는 듯이 방 안의 공기가 한층 더 무거웠고 현기증도 계속되었다.

'앗, 깜짝이야!'

때마침 전화벨이 울렸다. 남편의 전화였다.

"왜 안 내려와? 늦었어."

"어, 잠깐만 금방 내려갈게."

나는 남편에게 무서워서 방에 못 들어가겠다고 말하기 창피했다. 결국, 눈을 딱 감고 냅다 드레스룸까지 내달려 여권을 찾아 서둘러 방을 빠져나왔다.

"휴…."

"왜 그래? 무슨 일 있었어?"

"아니, 여권을 어디 뒀는지 몰라서."

나는 남편에게 다른 이유를 둘러대고는 '그냥 방이 어두워서 순간 무서운 생각이 났던 거야.'라고 스스로 위안했다. 그때 호텔을 막 빠져나오는데 갑자기 맑던 날씨가 돌변하더니 폭우가 쏟아졌다. 정말 기묘했다.

"여보, 비가 너무 많이 온다. 비가 그칠 때까지 점심 식사는 괜찮으니까. 마사지나 받으면 어때?"

"좋지!"

마사지라면 자다가도 벌떡 일어나는 남편과 호텔 앞 마사지 숍으로 들어갔다. 한 두어 시간쯤 흘렀을까? 마사지를 받으면서 깜빡 잠이 들었다. 자고 일어났는데도 몸이 찌뿌둥했다.

"여보, 나 컨디션이 안 좋아. 근처에서 밥 먹고 호텔로 가자, 쉬고 싶어."

급격하게 내려간 컨디션에 시내 구경이고 뭐고 다 귀찮아졌다. 근처 쌀국수 가게에서 국수 한 그릇을 먹는 둥 마는 둥 하고 호텔로 바로 올라갔다.

나는 조심스럽게 OOO호의 방문을 열었다. 남편과 함께 있어서 그런지, 아까 있었던 현기증과 그 기묘한 기분은 들지 않았다. 심지어 키를 꽂았을 때 객실 불로 바로 들어왔다.

'둘이 있어서 그런가? 아니야 기분 탓일 거야.'

나는 남편에게 조금만 눈을 붙인다는 이야기를 꺼냄과 동시에 바로 잠이 들었다.

"여보 일어나. 아침 7시야."

"뭐, 아침 7시라고? 나 12시간을 잔 거야?"

"응, 흔들어도 일어나지 않던데? 어디 아픈 건 아니지?"

"어, 좀 피곤했나 봐."

방콕에서 첫날을 잠으로 보낸 것 같아서 남편에게 미안했다. 이후 우리는 조식을 먹기 위해 식당으로 내려왔고 남편에게 조심스럽게 말을 꺼냈다.

"어제 그냥 잠들어서 미안해. 당신은 잘 잤어?"

남편은 내 질문에 심각한 표정을 짓더니 대답했다.

"사실 나도 잘 못 잤어. 계속 악몽에 시달리고, 가위에 눌렸어. 조금 느낌이 이상해서 당신을 깨우려고 했는데, 너무 깊이 잠들어 있는 것 같아서 깨울 수 없었어."

남편의 그 말을 듣고서야 어제 있었던 기묘한 경험을 이야기했다. 그리고 한동안 정적. 우리는 조식을 다 먹지 않고 체크아웃을 했다.

그렇게 시간이 지나 방콕 여행 후, 몇 개월 뒤의 이야기다. 호기심에 해당 호텔을 여행 커뮤니티에서 검색을 했다. 아니나 다를까, 나와 비슷한 일을 겪은 사람이 많았다. 더군다나 어느 예약 사이트에 외국인이 적은 인상적인 글이 있었다.

"OO달러로 심령 스폿을 체험! 당신이 이 호텔에 머무는 것을 추천하지 않습니다."

지긋지긋한
코로나 연대기

2020년 1월 28일

"굿 모닝! 구정 잘 보냈어요? 일본 갔는데 사람이 없어요. 덕분에 한적했어요."

스태프들의 표정이 좋지 않았다.

"대표님, 난리 났어요. 우한 폐렴인가 뭔가 때문에 지금 큰일이에요."

말이 끝나기 무섭게 사무실 전화가 앞 다투어 울린다.

"2월 10일에 베트남 다낭으로 여행 가는 박OO인데요. 지금 우한 폐렴 때문에 난리인데 갈 수 있나요?"

"2월 13일에 발리로 신혼여행을 가는 최OO입니다. 발리는 괜찮아요?"

"3월 5일 하와이 가는 김OO 가족여행인데요. 아무래도 불안해서 취소해야겠어요."

사무실 전화, 휴대폰, 카카오톡 등으로 현지 상황을 알고 싶어 하는 연락이 쏟아졌다. 1월 초부터 뉴스를 통해서 중국에서 코로나가 발생했다는 건 알고 있었지만, 며칠 사이에 한국까지 영향이 미칠 거라고 생각하지 못했다. 더군다나 설날 연휴에 일본에 있었지만, 일본은 한국만큼 심각하게 생각하는 것 같지 않아서 대수롭지 않게 생각하지 않고 있었다.

"네, 제가 현지로 알아보고 연락을 드릴게요."

"아, 그러세요? 그럼 우선 취소 수수료나 규정 확인하고 바로 연락 드리겠습니다."

나는 돌아가는 상황을 좀 더 자세히 알아야 했다. 뉴스 속보를 틀었다. 중국 우한에서 시작된 신종 코로나 이러스가 이미 한국, 일본 그리고 세계로 번져 나가고 있었다. 그때만 해도 '사스나 메르스처럼 좀 있으면 진정될 거야.'라고 생각했다.

2020년 2월 10일

전 세계 28개국에서 신종 코로나바이러스 감염증으로 약 4만 명이 감염되고, 사망자도 900명을 넘어섰다. 한국에서도 27명의 확진자가 발생했다. 바이러스는 불과 한 달도 안 된 사이에 산불같이 번져 나갔다. 나는 매일매일 더 늘어나는 문의와 취소 요청으로 점심은 못 먹을 정도로 정신없는 하루하루를 보내고 있었다.

바이러스 전파에 여행사들은 직격탄을 맞았다. 아직 항공편은 대부분 정상적으로 운행하고 있었지만, 출발 하루 앞두고 취소나 연기하는 일이 잦아졌다. 그럴 때마다 항공사와 손님 사이에서 해결해야 했고, 조금씩 지쳐 갔다.

2020년 2월 20일

터질 게 터졌다. 어느 지역에서 폭발적으로 시작된 코로나로 인해 전국이 공포에 휩싸였다. 여행은 생각할 수도 없는 상황이었다. 더 많은 취소 요청이 밀려왔다. 항공사들도 대부분의 항공편을 결항·취소했다. 여행사에서 취소하는 작업은 그리 어려운 일이 아니다. 그러나 우리 모두 처음 겪는 이 팬데믹 상황에 호텔도, 항공사도 그 누구도 준비가 되어 있지 않았다는 게 문제였다.

취소를 해도 환불을 안 해 주는 호텔들이 생겼고, 항공사도 하나둘씩 환불을 미루기 시작했다. 자고 일어나면 상황은 더 안 좋아졌고, 더 많은 나라들이 문을 걸어 잠갔다. 점심도 못 먹을 정도로 업무가 밀렸지만 시각을 다투는 일들이라서 미룰 수가 없었다.

매일 야근이 이어졌다. 현지 상황을 궁금해 하는 손님들의 전화도 끊이지 않았다. 그러나 이것은 시작에 불과했다.

2020년 3월 12일

오늘 WHO에서 전 세계 코로나 19 팬데믹을 선언했다. 세계적인 대 유행이라는 걸 공식적으로 선언한 셈이다. '팬데믹'이 그게 그렇게 무서운 단어인지 예전엔 알지 못했다. 전 세계가 빗장을 걸어 잠그고 나아질 거라는 희미한 기대마저도 다 사라졌다.

한국에서 출발하는 거의 모든 해외 항공편이 사라졌다. 그때부터 본격적으로 호텔과 항공사들과 싸우기 시작했다. 환불 대신 예약을 미뤄 주겠다는 호텔들. 다음에 갈 수 있는 예약권으로 주겠다는 항공사들 등등.

연결도 안 되는 항공사들에 겨우 통화가 되면 안 된다는 말만 반복하는데, 내가 알고 있는 욕은 다 해 주고 싶을 정도였다. 그렇지만 항공사 직원이 무슨 죄인가. 그들도 지침을 받고 하는 업무일 뿐인데.

결국 적금을 깼다. 환불이 안 되는 호텔들을 대신 손님에게 환불을 해 주기 위해서였다. 수입은 이미 0원이었지만, 나가야 할 돈은 계속이었다. 그래도 깰 적금이 있어서 다행이었다. 희망이 없던 이 시기에도 "대표님 덕분에 잘 처리되어서 다행이에요. 제 친구들은 아직도 못 받았다고 들었어요. 힘내세요."라고 하거나 "바쁘시더라도 꼭 식사 챙겨서 하세요."라며 잊지 않고 안부를 전해 주는 손님들 덕분에 버틸 수 있었다.

2021년 4월

그렇게 바쁘게 울려 대던 전화기는 망가진 것처럼 조용했다. '여행'이란 단어는 위험하고 허상 같은 일이 되어 버렸다. 봄에는 여름엔 괜찮아질 거야. 가을이면 나아지겠지. 매일 스스로를 다독이며 희망을 생각했다. 그러나 지구가 한 바퀴 돌아서 다시 12월이 되었지만, 1년 전 그때와 같이 차가운 겨울이 되었다. 매일 문을 닫는 여행사들이 생겨났다.

"이제 여행사 그만두고 다른 일 해야 하지 않아? 코로나가 언제 끝날지도 모르는데."

친구가 걱정스러운 마음으로 조심스럽게 말했다. 지난 10년 동안 지독하게 멍청하게 한 번도 다른 일을 할 생각을 하지 않았다.

'이따위 코로나19 때문에 여행사를 그만두기에는 너무 억울하잖아.'

버티기로 했다. 아니 버텨야 했다. 언젠가 꼭 다시 오겠다는 손님들과의 약속을 지키기 위해서라도. 울리지 않는 전화기. 아무도 없는 사무실이지만 매일 출근을 했다. 이 긴 터널도 끝은 있겠지.

2021년 10월

나도 백신을 맞았다. 드디어 비행기를 타고 해외로 나갈 수 있게 된 거다.

"안녕하세요? 대표님 저 김○○입니다. 기억하시죠? 내년 구정 연휴에 가족여행을 가려고 하는데요."

1년 10개월 만에 여행 문의 전화가 왔다. 눈물이 왈칵. 목이 메어서 말을 이어갈 수 없었다.

"네, 안녕하세요? 잘 지내셨어요? 몇 분이 가세요? 가족여행으로 가기 좋은 곳은요."

손바닥 사이로 비치는 햇살 같은 희망이지만 너무나 따듯하고 가슴 벅찬 감동의 순간이었다.

"그래, 꼭 다시 온다고 하셨어. 기다리길 잘했어."

오랜만에 사무실 대청소를 했다. 낡은 가구를 버리고 새 소파와 책상으로 단장했다. 곧 문을 열고 올 손님들을 기다리며.

쿤 아저씨는
어떻게 지내고 있을까?

'다들 어떻게 지내고 있을까?'

코로나 1년. 컴퓨터 메신저에 보이던 사람들이 하나둘씩 사라졌다. 제일 먼저 방콕의 기사 쿤 아저씨가 생각났다. 쿤 아저씨는 언제부터 메신저 리스트에서 보이지 않았다.

"저 혹시 요즘 쿤 아저씨 어떻게 지내는지 아세요? 메신저에서 보이지 않으셔서요."

전화번호조차 바뀐 그를 찾으려, 방콕의 다른 기사에게 그의 안부를 물었다.

"지금 쿤은 도시락 만들어서 지상철 앞에서 도시락 팔고 있어요."

"네? 도시락이요?"

도시락을 판매하고 있다는 말에 심장이 철렁하고 내려앉았다.

"그 집에 애들이 셋이라 더 이상 버틸 수 없었나 봐요. 차도 처분했어요. 차량 유지비도 나가고 계속 세워 둘 수도 없고 해서."

쿤 아저씨. 까만 얼굴에 큰 키 그리고 늘 아이 같은 해맑은 미소로 공항에서 손님을 반겨 주던 분. 반짝반짝 빛날 정도로 매일 세차를 하고, 앞자리에 사탕 바구니를 놓고 수줍은 미소로 사탕을 쥐여 주던 사람. 그의 차를 탔던 손님들은 누구나 그를 기억할 정도로 늘 따듯한 미소로 맞아 주던 사람이었다.

코로나가 시작되기 전, 2019년 여름 방콕 공항에서 "See you again!"이라고 손 흔들던 그의 모습이 마지막 기억이었다. 오롯이 운전밖에 몰랐던 쿤 아저씨. 늘 한국을 좋아한다고 말하던 쿤 아저씨. 20년 넘게 태국을 오는 손님들을 반겨 주던 그가 운전 말고 다른 일을 시작해야 했던 거다.

순간 아침마다 지상철 앞에서 도시락을 판매하고 있을 쿤 아저씨의 모습을 상상하니, 가슴이 먹먹하고 눈물이 흘렀다. 나도 1년이 넘게 이 자리를 지키느라 발버둥치고 있었지만, 이렇게 가족 같은 사람들이 고생하는 소식을 들으면 가슴이 더 아팠다.

"혹시 쿤 아저씨 만나면 꼭 이 말을 전해 주세요. 제니퍼가 많이 걱정하고 있다고. 우리 잘 버텨서 꼭 다시 만나자고요."

당장이라도 방콕으로 달려가고 싶었지만, 지금 내가 할 수 있는 건 버틸 수 있게 서로를 위로하는 일뿐이었다. 언젠가 방콕 공항에서 쿤 아저씨를 만나게 된다면, 꼭 안아 줄 거다. 잘 버텨주어서 고맙다고. 그리고 기다렸다고. 다시 반짝반짝하게 빛나는 쿤 아저씨의 차를 타고 방콕의 골목골목을 누비는 그날이 다시 돌아왔으면 좋겠다고.

마지막
가족여행

단골에게서 전화가 왔다.

"이번에 저희 발리로 가족 여행합니다. 부모님도 모시고 저희 동생 식구도 다 같이 가요. 금액은 상관없어요. 무조건 편하고 좋은 곳으로 해 주세요."

1년에도 여러 번 여행을 떠나는 손님이라서 이번에도 그냥 휴가 여행으로 생각했다. 그런데….

"사실 아빠가 많이 편찮으셔요. 그래서 더 시간이 지나기 전에 가족여행 다녀오려고 해요."

알고는 있었지만, 막상 아버님이 편찮으시다는 말에

마음이 많이 쓰였다.

"네. 더 신경 써서 잘 준비할게요."

전화를 끊고 나는 한동안 생각에 잠겼다.

'어떤 여행이어야 할까?'

그분은 가족 행사 때마다 늘 앞장을 서서 챙기는 든든한 큰딸이었다. 이번 여행은 아버님을 위한 가족여행이라고 했지만, 동생들도 아이들도 챙겨야 하는 책임감이 무거운 여행인 걸 나는 그 누구보다 잘 알고 있었다.

'우리 가족여행이라고 생각하자.'

막상 그렇게 생각하니 갑자기 해야 할 것들이 많아졌다. 아버님의 컨디션을 고려해서 너무 힘들지 않도록, 에너지 넘치는 2살 쌍둥이와 6살 아이도 좋아하는 일정도 넣고 발리에서 유명한 사원도 재래시장도 보여드리고 싶었다.

드디어 발리 출발 D-Day. 손님은 비행기에서 출발을 기념하는 단체 가족사진으로 여행의 시작을 알려왔다. 발리의 첫날. 꼬마 아가씨들은 외할아버지 손을 잡고 동물원을 다녀왔다. 생각보다 아버님께서 아이들보다 더 신나 하신 건 비밀.

둘째 날은 가족끼리 오붓하게 럭셔리한 요트를 타고

이웃 섬으로 물놀이를 다녀왔다. 나는 부모님과 발리를 가면 꼭 요트를 태워 드리겠다고 생각했었다. 그것도 발리에서 제일 고급스러운 요트로. 요트 투어가 끝나는 날 저녁, 고급 레스토랑에서 가족만의 분위기 있는 저녁 식사도 했다. 그리고 가장 중요한 가족만의 추억을 만드는 시간.

나는 남은 이틀은 비워 두었다. 그 시간 동안 아버님은 자유롭게 아이들과 손잡고 해변을 산책하고, 가족들이 노는 모습을 지긋하게 바라보셨으면 하는 마음이었다.

공항으로 가는 날은 비행기 시간이 새벽이라 아무리 생각해도 아버님과 아이들이 체력적으로 힘들 것 같았다. 나는 짧은 고민 후, 공항에서 가까운 꾸따 시내에 작은 호텔 방 4개를 잡았다. 잠시라도 쉬다가 공항에 간다면 긴 비행 시간도 아버님께 무리가 되지 않을 거라고 생각했다.

그렇게 날씨마저도 응원했던 발리 가족여행은 성공적으로 끝났다. 그리고 계절이 한 바퀴 바뀌고 이듬해 봄이 끝나갈 즈음. 그 손님에게서 연락이 왔다.

"대표님, 아버님 돌아가셨어요."

나는 마지막 인사를 드리고 싶어 장례식장을 찾았다.

그리고 나에게 큰 딸인 손님은 발리에서 찍은 가족사진을 보여주었다. 그것은 마지막 가족여행이자 마지막 가족사진이었다. 그 사진 속에서 아버님은 밝게 웃고 계시고 있었다.

"다행이다. 더 늦기 전에 아버님이 가족들과 발리를 다녀오실 수 있어서."

여행은 아쉬움만
남기고 오세요

여행사 업무의 1/3은 손님들이 여행 중에 잃어버린 물건 찾는 일이다.

"식당에 휴대폰을 놓고 왔어요."

"여권을 호텔 서랍에 넣어두고 왔어요."

"비행기에 면세점에서 산 물건 놓고 내렸어요."

하루도 그냥 넘어가는 날이 없다. 여름 성수기에는 본업보다 분실물을 찾느라 더 바쁘기도 하다. 휴대폰, 지갑은 기본이고 노트북, 옷 그리고 신고 갔던 신발까지 찾는 아이템도 다양하다. 그날도 어김없이 하와이로 신혼여행을 간 커플에게서 연락이 왔다.

"안녕하세요? 저희 하와이인데요. 마우이섬에서 있던 리조트에 옷을 두고 왔어요. 한국에서 갈 때 입었던 재킷인데 혹시 받을 수 있을까요?"

"네, 호텔 방 번호와 두고 온 옷에 대해서 자세히 알려주세요."

"네. 방 번호는 527호입니다. 검은색 가죽 재킷이고 제 꺼와 신랑 것까지 2개입니다. 옷장에 걸어 두었던 것 같아요. 혹시 찾으면 한국으로 보내 주실 수 있을까요?"

"네, 우선 호텔에 전화해서 확인해 보겠습니다."

나는 호텔로 전화를 했다. 다행히 호텔 분실물 센터에서 보관하고 있다고 했다.

"다행이네요. 그럼 혹시 한국으로 보내 줄 수 있나요?"

그러나 호텔에서는 그냥 보내 주지 않았다.

"분실물을 찾기 위해서는 호텔로 공식 이메일을 보내야 합니다. 그리고 옷의 브랜드, 색깔, 룸 번호, 투숙객 이름, 여권 번호, 연락처, 한국 주소도 같이 적어서요."

"네, 알겠습니다. 그렇게 전달할게요. 그런데 배송비는 얼마인가요?"

"150달러입니다."

웬만한 옷 한 벌은 살 수 있는 금액이었다. 일단은 손님에게 물어봐야 했다.

"옷은 찾았는데 배송비가 150달러라고 합니다. 어떻게 할까요?"

"그렇게나 비싸요? 저 고민을 조금 해 볼게요."

다음 날, 커플은 눈물을 머금고 150달러를 내고 옷을 받기로 했다. 보름 정도 후에 커플은 옷을 잘 받았다고 연락이 왔다.

그 일이 있고 얼마 후, 나는 일본 온천 여행을 다녀왔다. 문득 그 손님의 일이 생각나서 방을 나오면서 꼼꼼히 두고 온 옷이 없는지 확인했다.

'나는 옷을 놓고 오지 말아야지.'

집에 도착해서 짐 정리를 하는데 귀가 허전했다. 일부러 잘 챙겨 둔다고 아끼던 진주 귀걸이를 료칸 서랍장 안에 넣어 두었던 거였다. 정신을 차리려고 했지만 나도 손님도 남편도 다 똑같았다. 그리고 익숙하게 휴대폰을 들어 전화를 했다.

"저, 료칸 서랍장에 귀걸이를 두고 왔는데요…."

엄마라서
다행이야

"엄마, 내일은 어디 가요? 올 때 꼭 선물 사 오세요!"

태어나면서부터 엄마가 여행사를 했던 아들에게 엄마의 출장은 그저 1박 2일 잠시 지방에 다녀오는 것처럼 평범한 일이었다. 아들을 두고 오랜 해외 출장을 가는 엄마의 마음은 아프지만, 아들은 그 마음도 모르고 세차게 손을 흔들어 준다.

아이가 태어난 지 한 달 만에 출장을 갔을 때는, 엄마는 떨어지지 않는 발걸음을 끌고 공항 가는 버스 안에서 얼마나 울었는지 모른다.

"엄마 금방 갈게. 보고 싶어. 사랑해 아들."

그래도 어릴 땐 조금 상황이 조금 나았다. 아들이 3살이 되었을 때, 드디어 아들은 엄마가 출장을 가면 한동안은 엄마와 떨어져 있어야 한다는 걸 알게 되었다.

내가 창고에서 트렁크를 꺼낼 때면 "엄마, 어디가? 가지 마! 나도 데리고 가!"라며 울고불고 매달렸다. 그럴 때마다 "그래, 엄마 안 가, 안 가."라며 겨우 아들을 떼어 놓고 밤에 몰래 짐을 싸서 놓았다. 출장을 갈 때마다 아들과 실랑이를 할 수 없었던 나는 아들에게 좋은 기억을 만들어 주고 싶었다. 그래서 시작한 여행 선물. 출장이 끝나갈 무렵이면 나는 늘 아들 선물을 사기 위해 현지 쇼핑몰을 들렀다. 아들이 좋아하는 로봇 장난감, 초콜릿, 비행기 모형을 들고 집으로 향했다.

"우와! 비행기다. 엄마 고마워요. 사랑해요."

아들도 처음에는 엄마가 주는 선물을 마음에 들어 했지만, 엄마의 출장이 계속될수록 점점 본인이 원하는 선물을 콕 집어서 말하기 시작했다.

"엄마, 우디(토이 스토리의 주인공) 인형 사다 주세요. 그리고 버즈도 같이요."

나는 버즈와 우디를 찾기 위해 하와이 출장 중에 월마

트부터 로스(Ross)까지 뒤져야 했다.

한 번은 한국에는 없는(지금은 흔해졌지만) 애니메이션 주인공 피규어를 사다 달라고 해서 애먹었던 적도 있었다. 강아지 다섯 마리가 나오는 애니메이션이었는데, 그 다섯 마리 피규어를 다 구하느라 쇼핑몰 몇 곳을 다녔는지 모른다.

다행히 이제는 초등학생이 된 아들은 더 이상 엄마에게 장난감 선물을 사 오라고 하지 않는다. 대신 현관까지 배웅 나와 씩씩하게 "엄마, 잘 다녀오세요!"라고 말하는 아들이 어떨 땐 조금 서운하기도 하다. 출장을 하는 동안 매일 밤 전화해서, "엄마, 내 선물 샀어? 보고 싶어. 사랑해."라고 말해 주던 아들. 아무튼 그때가 좋았다.

공항이
폐쇄되었다고요?

"기장입니다. TG657편은 곧 방콕 수완나품 국제공항에 도착할 예정입니다. 승객 여러분은 자리에 앉아 안전벨트를 매어 주시기 바랍니다. 테이블은 제자리로 해 주시고, 창가 쪽에 계신 분들은 창문을 모두 열어 주시기 바랍니다."

매년 오는 방콕이지만 엉켜진 전깃줄도 뜨거운 공기도 반가웠다. 시내 호텔에 짐을 풀고 내일 일정을 위해 서둘러 잠자리에 들었다.

"대표님, 일어나 보세요. 무슨 일이 났나 봐요."

"무슨 일인데?"

아침 7시도 안 된 시간인데, 직원이 나를 흔들어 깨웠다. 창밖에서 들리는 시끄러운 소리에 커튼을 열었다. 평소 같으면 출퇴근하는 오토바이로 가득해야 할 스쿰빗 로드가 온통 새빨간 물결이었다.

'쏭끄란(태국의 물총 축제)은 아직 멀었는데?'

뭔가 이상한 기분이 들어 TV 리모컨을 들었다. 채널을 돌려도 뉴스에서는 온통 새빨간 사람들의 물결만 나왔다. 무슨 일인지 좀 더 자세히 알아야 했다. 평소 알고 지내던 방콕의 지인에게 연락했다.

"안녕하세요? 어젯밤 방콕에 도착했어요. 혹시 방콕에 무슨 일이 있는 건가요?"

"대표님, 오랜만이에요. 하필 이때 오셔서. 오늘 방콕에 큰 시위가 있어요. 며칠 전부터 시작하긴 했는데 오늘은 전국에서 다 올라오나 봐요."

"누가요? 누가 시위를 해요?"

"탁신 총리 아시죠? 탁신 총리가 물러나고 새로운 총리를 뽑기 위해 선거를 했는데 군부가 개입했어요. 그래서 그 일에 반대하는 시위에요."

"근데, 왜 다 빨간색이에요?"

"탁신 지지자들은 빨간 티셔츠를 입어요. 반대파인 왕실 지지자들은 노란색 옷을 입고요."

태국에 오기 하루 전까지도 까맣게 몰랐다. 한국에서는 관심이 없었던지 뉴스에도 나오지 않았던 거였다.

"오늘 전국에서 올라온 사람들이 방콕으로 집결하고 있어요. 곧 대규모 시위가 있고 또 진압할 거 같아요. 가능하면 호텔 밖으로 나가지 마세요."

"네, 알려주셔서 감사해요."

그때까지는 방콕은 비교적 평화로웠고 난 외국인인데 어쩌겠냐 싶어 걱정하지 않았다. 때마침 호텔 프런트에서 안내문이 왔다. 가능하면 호텔 밖으로 나가지 말 것, 그리고 빨간색이나 노란색 옷을 입지 말 것. 시위대 편인 레드 셔츠와 옐로 셔츠가 충돌하고 있어 혹시 휘말리지 않도록 색깔 있는 옷을 입지 말라는 거였다.

"상황이 심각해지는 거 같네. 좀 더 기다려 보자."

그렇게 호텔 안에서 반나절을 있으려니 좀이 쑤셨다.

"민지 씨, 나는 밖에 좀 나가 봐야겠어. 약속도 있고. 민지 씨는 호텔에 있다가 연락이 오면 전화해 줘요."

혹시 모를 안전을 위해 직원은 호텔 방에 남겨 두고, 혼자 카메라와 여권을 챙겨서 나갔다. 여차하면 '저는 한국 사람이에요.'라고 보여 줘야 했다. 호텔 문을 열고 나왔을 때, 어마어마한 인파에 깜짝 놀랐다. 내가 있는 호텔 근처에는 관공서가 모여 있어서 이미 시위대가 이곳으로 집결하고 있었다. 나는 혹시나 누가 말이라도 붙일까 봐 시위대와 최대한 멀리 떨어져서 앞만 보고 걸었다.

하지만 점점 길이 좁아졌고 시위대와 가까워졌다. BTS 지상철을 타려면 어쩔 수 없이 시위대를 가로질러 길을 건너야 하는데. 쭈뼛 쭈뼛 시위대 틈을 비집고 최대한 시선을 마주치지 않도록 걸었다. 고개를 들어 BTS 역 방향을 찾는데 눈이 마주쳤다. 할머니였다. 돌아가신 우리 외할머니를 닮은 연세가 지긋하신 할머니.

"사와티 카."라고 조심스럽게 손을 모아 인사를 했다.

할머니는 밝게 웃으시며 손을 흔들어 답을 해 주셨다.

'웬 시위대에 할머니?'

할머니 옆으로 까만 얼굴의 중년 아저씨, 미키 마우스가 그려진 티셔츠를 입고 있는 학생 그리고 마사지 숍 유니폼을 입고 나온 아줌마들이 있었다. 태국에 가면 늘 만나던 평범한 사람들이었다. 내가 평소에 보던 분위기 살벌한 그런 시위가 아니었다. 더 이상 사람들이 무섭게 느껴지지 않았다. 나는 별일 없이 약속한 미팅에 갔다가

호텔로 돌아왔다. 그런데 잠시 후, 갑자기 밖에서 굉음이 들렸다.

펑 펑 펑.

사람들이 흩어지고 군인들이 보였다. 진압이 시작되었던 거였다. 상황이 급박하게 흘러갔다. 문득 좀 전에 인사했던 할머니가 생각났다.

'잘 피신하셨어야 하는데.'

정부의 진압이 시작된 상황에 이제는 위험할 수도 있겠다 싶었다.

"민지 씨, 아무래도 한국에 돌아가야 할 것 같아. 짐 싸서 공항으로 가자."

우리는 도망치듯 짐을 싸서 호텔을 나왔다. 공항행 택시를 기다리는데, 로비의 TV에서 속보가 나오고 있었다.

"시위대가 방콕 수완나품 국제공항으로 가는 고속도로를 점거하여 수완나품 국제공항의 모든 항공편의 출도착이 정지되었습니다."

아뿔싸! 공항이 막혔다. 역시 항공사 전화는 먹통이었다. 방콕은 여행객들에게도 아수라장이 되었다. 공항에 묶여 있던 사람들이 다시 방콕 시내로 돌아오는 바람에 본국으로 돌아가지 못하는 사람들로 시내 호텔들은 방이 없었다. 이럴 때 의지할 곳은 대사관밖에 없었다. 상황이 더 악화되기 전에 대사관에 전화를 걸었다.

"저 어제 방콕으로 출장을 왔는데요. 지금 공항이 막혔는데 어떻게 해야 할까요? 혹시 탈출 방법이나 새로운 정보가 있으면 이쪽으로 연락해 주실 수 있으세요? 제 연락처가…."

"저희도 아직 사태를 파악 중입니다. 조심히 계시다가 돌아가세요."

"네? 뭐라고요?"

이 얼마나 무책임한 말인지. 결국 믿을 곳은 방콕에 있는 지인뿐인가?

"대표님, 제가 알아봤는데요. 일단 외국인은 여권을 가지고 정부에서 지정한 호텔로 가면 출발할 때까지 숙박과 식사를 무료로 제공한다고 해요."

"대사관에서도 이야기 안 해 준 건데, 감사해요."

그러나 가는 호텔마다 방은 이미 만실이었고, 나는 트렁크를 끌고 수쿰윗의 골목을 헤맸다.

"혹시, 지금 체크할 수 있을까요? 여기 여권요."

"네, 방이 하나 남았네요."

"정말요? 감사합니다."

비록 5성급 호텔은 아니었지만, 거실과 세탁기도 있는 호텔이었다. 격해진 시위 때문에 밖에 나갈 수도 없는, 격리가 시작되었지만 어쩌겠나. 그렇게 오고 싶었던 방콕인데 나름대로 상황을 즐기기로 했다. 조식 먹고 수영하고 점심 먹고 수영하고 또 저녁 먹고. 몸이 붓도록 물에서 놀았다.

하루가 지나고 이틀이 지나고 3일이 지났을 때. 한국에서도 방콕 뉴스가 계속 나오자, 걱정된 가족과 지인들의 연락이 왔다.

"나는 괜찮아. 잘 있어. 곧 돌아갈 방법을 찾고 있어."

안심은 시켰지만, 길어지는 상황에 막막하고 불안했다. 시위가 계속되고 공항의 폐쇄 시간이 길어졌고, 점점 방콕을 탈출하려는 외국인들이 늘어났다. 프랑스, 미국, 영국은 자국기로 방콕에서 가까운 파타야 임시 공항에서 자국민들을 태워 갔다. 그러나 한국에서는 비행기가 올 계획도 출발할 기미도 없었다.

"대표님, 타이항공이 임시편을 띄운대요. 얼른 타이항공으로 가 보세요."

방콕의 지인에게 급한 연락이 왔다. 나는 서둘러 타이항공 본사로 갔다. 이미 건물 밖으로 티켓을 구하려는 사람들의 줄이 길게 서 있었다. 몇 시간을 기다려서 겨우 한국으로 가는 임시 비행기 티켓을 받을 수 있었다.

출발지 우타파오 공항. 처음 들어보는 곳이었다. 방콕에서 차로 2시간 정도 떨어진 파타야 외곽에 있는 군용 비행장이었다. 호텔로 돌아가서 직원과 함께 트렁크를 들고 우타파오 공항으로 가기 위해 1차 집결지로 갔다. 인기 가수들의 콘서트가 열리던 공연장이 임시 발권 카운터로 쓰이고 있었다. 수천 명의 사람들이 의자도 없이 바닥에 앉고 누워서 발권 순서를 기다렸다.

'난민 탈출이 이런 기분일까?'

하염없이 기다리고 기다려서 드디어 출국 수속을 하고 항공사에서 마련해 준 버스를 탔다. 버스 안은 조용하다 못해 적막했다. 혹시나 출발을 못 할까 봐 불안함이 감돌았다. 버스는 2시간 반을 달려 우타파오 공항에 도착했다.

혹시 발생할지도 모를 돌발 상황 때문에 버스가 비행기 바로 앞까지 간다고 했다. 활주로에는 내가 탈 항공기 말고도 군용 비행기들이 있었다. 전쟁 영화 속의 한 장면처럼 군용 비행기 사이를 지나 비행기 계단을 올라갔다. 자리 앉아 안전벨트를 매니 그제야 긴장이 풀렸는지 현기증이 났다.

"TG888편은 지금 이륙을 시작할 예정입니다. 승객 여러분은 모두 안전벨트를 매 주시고 짐은 머리 위 선반이나 좌석 아래쪽에 넣어 주십시오."

2008년 어느 날. 나는 그렇게 방콕의 역사적인 한 장면에 있었다.

코로나 덕분에,
뉴스에 나오다.

2020년 12월. 1년 동안 조용하던 사무실의 전화가 울렸다.

"안녕하세요? 거기 휴트래블인가요?"

"네 맞는데요. 누구세요?"

"저는 SBS에 정OO 기자라고 합니다. 얼마 전 올리신 유튜브에서 영상을 보고 연락드렸습니다. 혹시 인터뷰를 할 수 있을까요?"

"네? 인터뷰요?"

지난 2020년 5월, 코로나 4개월째 '울리지 않는 전화기. 발길 끊긴 여행사.'라고 매일 출근해서 울리지 않는 전화기만 들었다 놨다 하다가 점심 먹고 퇴근하는 특별할 것도 없는 코로나 여행사 일상을 찍어 유튜브에 올렸던 일이 있었다.

"직접 만나서 자세히 여행업계에 대한 어려움을 여쭤보고 싶은데요. 혹시 내일 시간 되시나요?"

"생각 좀 해 보고 연락드릴게요."

막상 전 국민이 보는 뉴스에 나온다고 생각하니, 창피하기도 하고 걱정되기도 했다. 좋은 일도 아니고 어려운 모습으로 알려지는 게 부끄럽기도 했다. 어찌 보면 망하기 직전의 모습을 보여 주는 것 같아서 자존심이 상했다. 그렇지만 꼭 하고 싶은 말이 있었다.

"기자님, 저 할게요."

"네, 그럼 내일 뵙겠습니다."

약속된 시간이 되고, SBS 방송국의 기자님과 카메라 촬영 기자님이 오셨다. 카메라 불이 들어오고 인터뷰가 시작되었다.

"코로나가 벌써 1년인데요, 가장 힘든 곳이 여행 업계라고 생각합니다. 요즘 어떠신 가요?"

"국내외 20만의 여행업 종사자들은 사지로 몰리고 있

습니다. 2020년 1월 이후로 매출은 전무하고 생계에 위협을 받고 있습니다."

"네, 그렇군요. 많이 힘드시겠네요. 혹시 어떤 점이 제일 힘드신가요?"

"정부와 담당 기관에서는 현실적인 도움을 주지 않고 있습니다. 오히려 저희에게 돈 내고 여행 가시던 손님들이 도움을 주고 계세요. 힘내라고 응원해 주시고, 선물도 보내 주시고요. 코로나 끝나고 좋은 여행으로 보답할 거예요"

인터뷰 도중, 갑자기 울컥했다. 아무렇지 않다고 생각했는데, 혼자서 힘들었던 시간이 한꺼번에 떠올랐다. 그리고 따뜻한 응원과 도움의 손길을 보내주던 손님들의 얼굴도 떠올랐다. 그날 저녁, 바보같이 인터뷰를 하다가 울어버린 내가 창피해서 일부러 뉴스를 보지 않고 있었다. 그런데 뉴스가 끝나고 휴대폰에 메시지가 쏟아지기 시작했다.

"대표님, 힘내세요. 파이팅!"

"꼭 그 자리에서 잘 버티셔서 다시 만나요. 저희 코로나 끝나면 여행 갈 겁니다."

"힘내세요. 제가 응원할게요."

"8시 뉴스 보고 저도 울었어요. 힘내세요, 대표님!"

이렇게 많은 분들이 기억해 주고 있구나. 나는 엉엉 울었다. 너무 행복해서. 오랜만에 행복해서.

여행은 맑음, 때때로 흐림

나는 다섯 살 꼬마 때부터 집에 가만히 있질 않았다. 아침밥을 먹고 나가면 저녁이 될 때까지 동네를 빨빨거리며 돌아다녀서 늘 엄마가 이집 저집을 오가며 나를 찾으러 다니셨다. 그리고 일곱 살 때는 이 작은 동네를 벗어나고 싶어 몰래 버스를 타고 멀리까지 나갔다가 엄마에게 들켜서 혼이 나기도 했다. 낯선 곳에 갔을 때 눈에 비치는 모든 것들이 나를 설레게 했다.

"너는 그렇게 돌아다니는 거 좋아하니, 나중에 외국에 가서 살겠다."

그 옛날 엄마는 그렇게 늘 말씀하셨다. 아마도 엄마는 내가 이렇게 될 줄 알고 있었던 걸까?

사실 내 작고 소중한 여행사를 차리기 전까지 많은

직업을 전전긍긍하고 살았다. 여행은커녕 쉴 틈도 없이 먹고 살기 바빠서 메이크업 아티스트에서 학원 강사로 그리고 평범한 회사원으로 남들보다 더 부단하게 열심히 살았다.

그러던 어느 날 친구의 권유로 같이 떠나게 되었던 시드니 여행. 오랜만에 가슴이 뛰는 것을 느꼈다. 머리칼에 스치는 바람도 손바닥에 쏟아지는 햇살도 너무 좋았다. 마치 일곱 살 때 엄마 몰래 버스를 타고 보았던 차창 밖 풍경 같았다. 일상에 지쳐서 잊고 지내던 여행의 설렘이 기억났다.

시드니 여행을 다녀와서도 나는 그 느낌을 잊을 수가 없었다. 결국에는 잘 다니고 있던 대기업을 그만두고 다시 여행을 시작했다.

그리고 서른다섯의 어느 여름날, 나는 작은 여행사를 시작했다.

"좋아하는 일은 직업이 되면 안 된다."라고 사람들이 입버릇처럼 하던 말을 반쯤 무시했다. 나는 지금도 절대 그럴 일 없다고 생각하고 믿고 있으니까.

하지만 가끔은 너무 힘들어서 남몰래 엉엉 울기도, 손님들의 서운한 말에 상처를 받기도, 매일 새벽에 깨기도, 24시간 긴장해야 하기도 하는 피곤한 생활이었지만 사람들과 여행을 말할 수 있어서 좋았다. 그리고 "덕분에 잘 다녀왔습니다."라는 손님의 인사를 듣는 날이면 하루 종일 날아갈 것만 같았다.

그렇게 어느덧 약 10년이라는 시간이 흘렀다. 지금은 코로나 19라는 불청객 때문에 잠시 여행을 빼앗겼지만, 이 힘든 시간의 끝이 보인다.

아직도 여행을 좋아해서 다행이다. 그리고 아직도 설레여서 다행이다.

마연희